零蛋
英文老師

龔玲慧 著
Lynn Gong

推薦序

從「I don't know.」到「Yes, you can!」

地球禪者　洪啟嵩

Lynn 是生命的魔術師，從她身上，我看到了不可思議的力量。

人生永遠充滿許多驚奇。2004年，我第一次到美國講學，意外開啟了另一場人生學習之旅。那時，我也才第一次聽到 Lynn 說起這個感人的故事 —— 為什麼她能從一個大專聯考英文 0 分的人，變成美語教學專家。

近 30 年前，她開始跟我學習禪坐，感受非常深刻。她聽到我說將來要到世界各地教授禪法，就發願未來能幫我翻譯。當時她並不因為自己的英文能力而氣餒；相反的，她在不斷的挫折中仍積極學習英文。最後她不但圓滿所願，協助我到世界各地做禪法的英文教學，還成為我的英文老師，因緣真是不可思議！

　　2004年，我第一次到美國教學，同時應邀到哈佛大學演講，當時我用中文演講，主辦單位安排專人做英文翻譯。聽說，我的學生在台下聽到英譯內容都十分緊張，但是看到我一派自在從容，都讚歎我的定力真好，殊不知我已經數十年沒用英文，除了「I don't know.」這句話，其餘都已經忘得差不多，所以當然無從判別當時英譯內容的好壞。

　　後來，美國的學生希望由我用英文親自錄製我所教授的放鬆禪法導引。我原本認為那是天方夜譚，但是在他們強力的懇求下，我答應了他們的請求，只得重學英文。

　　因此，從美國返台之後，我幾乎可說是從零開始，重新學習英文。當時Lynn與Jim開始每個星期用大約2小時的時間，以No Chinese全美語教學法，幫助我以英文學習英文。下了課之後，我的家庭作業就是聽哈利波特的英文CD，拿著哈利波特的原文小說跟著CD讀。我從剛開始完全聽不懂（更別說跟著讀），到後來讀完第一本時已能跟上CD的速度，偶爾還能聽出書本句子和CD的不同之處。

　　Lynn對我學習進步的狀況感到很驚訝，特別是在發音方面的改變。她說，一般成年人重新學習發音的成效不會太好。這也是為什麼許多華僑雖然長年居住在國外，英文的聽、讀、寫方面可能很優秀，唯獨在「說」（發音）的方面還

是有著極重的腔調，無法和從小生長在美國的 ABC 一樣，說得一口流利漂亮的英文。

除了全美語教學的功效外，Lynn 判斷這也是我在禪定上的功夫，身心長期安住在放鬆而專注的狀態，舌根放鬆，發音自然就容易標準了。

如此學習幾個月之後，我於 2005 年再度應邀到美國講學，在 2 個月內走訪 15 個城市，做了近 60 場中英文演講和教學，其中也包括了哈佛大學和麻省理工學院的英文演講。

Jim 目睹我學習英文的過程，直說「You are my hero!（你是我的英雄！）」，也激勵了他重新學習中文的動力。他在台灣多年沒有學習中文的原因，是因為他的英文太好了。他是美國華盛頓大學的傑出校友，曾是全美英文字彙比賽紀錄保持者。但越是如此，卻讓他更無法忍受從頭學習中文的過程。他認為像我中文這麼好、寫過近 200 本書的人，在重新學習英文時卻完全沒有學習包袱、沒有障礙，也不會因為英文很破而不好意思、不敢表達，感到非常不可思議！

理由很簡單，因為我了知語言本來就是空性的。語言本身只是一種表達方式，是一種貼近的過程，並非所描寫的對象自身。語言並非固定不變，它在緣起中不斷的改變。對我而言，一切語言都是指向覺悟的方便，都是空、無常、無我

的。當我們執著語言有不變的實質，就會被語言所限制。當初佛陀在印度各地弘化時，都是鼓勵弟子使用當地的方言說法。在21世紀的美國，以英文講學也是必需的吧！我學習英文的主要目的之一，是希望英文這個語言繼續發展，更加貼近覺性。

從英文0分到成為美語教學專家，Lynn的體悟是：「有願，就有成就的一天！」現在，除了在英文的專業領域有亮眼的成績，她更是一位優秀的國際禪定教師，主持全球禪定師資培訓計畫。她除了將禪定中專注而放鬆的訓練運用於語言教學，也發展出兒童專注力開發系統，對孩子一生的教育有深遠且難以估量的影響！

現在，她的書《零蛋英文老師》要出版了，我感到十分歡喜。或許這本書所代表的另一種意義，正是：「Lynn can do it, you can do it!（Lynn可以，你也可以！）」這是一個勇於追夢，實踐生命願景的美麗傳奇。

祝福有緣的您也能圓滿所願，彩繪無限美好的人生！

推薦序
全美語教學先鋒的寶貴經驗分享

師德文教總經理　邱靖媛

　　17年前，師德開始為台灣的兒童美語老師籌辦專業師訓，當時英語教學資源匱乏，有創見並願意分享的老師更是可遇而不可求。當時的兒童美語教學界，對於是否應該要在教室裡使用中文、使用多少中文一事，真是意見分歧，派別分明。因緣際會下有幸認識玲慧老師，當年她大力提倡No Chinese的教學方式，面對阻力及反對聲浪，始終努力闡述想法、分享經驗，呼籲兒美老師以全美語的方式教學，對往後的英語教學界影響深遠。

　　語言教師身為學生的模仿對象，本就應該在教室裡盡可能提供充足的input（刺激），讓學生耳濡目染之後能自然吸收學習，內化為自己的英語力；另一方面，此主張在當時無形中也鼓勵了台灣的英語老師向上提升自我的英文實力，更嘉惠了無數莘莘學子。如今，大家對No Chinese的教學方式

已形成共識,「全美語教學」也在業界蔚為風氣,儼然成為一種「最高等級教法」的代名詞,這真是讓人意想不到啊!

近年來「讓孩子自然而然的學習英文」、「快快樂樂的學英文」的廣告詞盛行,此種愉快的教學方式無疑會讓學生、家長、老師三方都很開心。這是英語教學的理想境界,但知易行難啊!在升學壓力、同業競爭、家長期待下,英文老師常無可避免的用寫不完的作業及大小考轟炸孩子。當我得知玲慧老師補習班的孩子不用寫作業、也沒有考試,在校成績卻還是名列前茅,真是驚喜莫名。這是多不容易的實踐啊!要成就出快樂學英文的孩子,唯有結合具大智慧和無比決心的教學者和志同道合的家長才能辦到!

我們常說「學英文要趁早」,要把握孩子的黃金語言學習期,但玲慧老師卻是一個奇葩。玲慧老師大專聯考鴨蛋,印刷研究所畢業後才開始讀英文,不從事印刷業反而當起了英文老師,最後還開了美語補習班,以特別的教學方式讓學生和家長趨之若鶩,這可算是一種奇蹟了吧!

如今玲慧老師出書分享她學英文、教英文的獨特經驗,我相信這本書會造福更多的老師和學生,特為文喜悅推薦,期盼大家都能「快樂教、幸福學!」。

推薦序

推薦一位好老師

豐橋美語共同創辦人　Jim Walsh

　　Lynn是我的好友兼同事，有次她面談完一位外籍男老師時，請他提供地址。這位應徵者頓時有點不知所措，最後說「你看不懂！」，因為他手上的地址是別人用中文幫他寫的。他心想，Lynn是美國人，怎麼可能看得懂中文。

　　幾年後的某天，Lynn在我們豐橋美語下課後留下來加班時，接到一通外國人來電找女朋友的電話，而對方的女友是我們學校的外籍教師。第二天，這位女老師問Lynn，前晚她男友打來的電話是不是她接的，Lynn說沒錯。這位女老師聽了很高興，說她跟男友兩個人一直在為接電話的人究竟是美國人（男友的意見）還是Lynn（她的意見）而爭吵不休呢！

　　Lynn的確不是美國人，她是道道地地的台灣人，在台灣出生長大，也跟所有台灣學生一樣，國中畢業後得參加高中聯考。她考得很好，進入學區最好的高中就讀。高中念完再考大學聯考，由於數學成績優異，順利考進中國文化大學，

還一路念完碩士。

　　只是，當年的大學聯考，她的英文是 0 分。沒錯，零鴨蛋！

　　從當年大學聯考英文 0 分的高中畢業生，到現在說得一口道地英語的英語老師，這段歷程是很值得一讀的。但她想與各位分享的還不只這些。

　　她在如何學英文方面有很多可以和大家分享，因為她用自己的方法把英文學起來了；她在如何教英文方面也有很多可以和大家分享，因為她根據自己教學的經驗，知道怎麼樣才能把英文教好。

　　Lynn 是掀起 No Chinese 風潮的名師。最早有關這種教學法的幾篇文章便是由她所寫，刊登在《敦煌英語教學雜誌》上，師德教育訓練辦的幾場教學研討會也曾特別邀請她深入介紹這個教學法。No Chinese 教學法大幅降低，甚至完全擺脫教生字時對翻譯的依賴，對台灣英語教學的提昇，扮演了非常重要的角色。在 Lynn 的大力推動之下，很多人的想法開始轉變，知道學語言用翻譯是很危險的，不但不必要，而且還會誤導。

　　剛才說到 Lynn 的美國口音。人在成年後學外語（像 Lynn 這樣）難免會有些口音。除了用邏輯歸納及簡單易學的

方式教生字和文法，她還發展出一套完整而細緻的自然發音法，引導孩子從基本的英文字母學發音（比如Apple的A，Boy的B等等），進階到更複雜的規則（比如不發音的e、捲舌的母音、有禮貌的母音等等），最後讓學生能夠看到新的字都能很精準的唸出發音，也學到聽單字就能拼的訣竅。

　　本書集合了Lynn的巧思與才華，我衷心盼望所有台灣人都能受惠。

（以下為此篇推薦序原文）

Recommending a Teacher

By Jim Walsh

　　Once upon a time, my dear friend and colleague, Miss Lynn Gong was interviewing a native speaking teacher (a man). After the interview was almost over, Lynn asked the applicant for his address. The applicant became nervous and confused, and said, "But you won't be able to read it." He only had the address in Chinese, and since he thought that Lynn was an American, he did not expect her to be able to

read it.

Some years later, Lynn was working after closing time at our school, the English Bridge School (EBS), when she received a phone call from a native English speaker who was looking for his girl friend, who was one of our native English speaking teachers. The next day, the teacher asked Lynn if she had spoken on the phone with her boy friend the night before. Lynn said that she had. The teacher was so happy. She told Lynn that she had argued with her boy friend over whether he had spoken to an American (as he thought) or to Lynn (as she thought).

But Lynn is not an American. She was born and raised in Taiwan. Like all Taiwanese, she took a test at the end of junior high school, and her high scores got her into the best high school in her area. At the end of high school, she took the joint university entrance examination, and her math score was excellent; so she attended Chinese Culture University, eventually earning a Master's Degree.

But her English score on the joint university entrance examination was zero. That's right: zero.

Learning about Lynn's journey from the high school graduate who got zero in English on the joint university entrance examination to the English teacher who speaks English like a native English speaker is worthwhile, but that is far from all that she has to teach to Taiwan.

She has a lot to teach about how to learn English because she has learned, mostly by herself, how to learn English. She also has a lot to teach about how to teach English because she has learned, from experience, how to teach English well.

Lynn is fairly well-known as a pioneer in the No Chinese movement. She wrote some of the first articles on this subject for *Caves English Teaching* magazine and spoke on this subject at seminars arranged by Caves Educational Training Co., Ltd. The No Chinese movement was important in improving English instruction in Taiwan by reducing, if not completely eliminating, the reliance on the translation method of teaching vocabulary. Partly because of her efforts it became clear to many that translation was not only unnecessary, but it was also dangerously misleading.

As mentioned before, Lynn has an American accent. Most people who learn another language as an adult (as Lynn did) are doomed to speak that language with an accent of some sort. In addition to organizing the vocabulary and grammar of English in logical, easily learned units, she created a complete and detailed phonics program that takes children from the usual sound of the English letters (A as in Apple, B as in Boy, and so on) through the more complicated rules (silent e, murmuring vowels, polite vowels, and so on) until EBS students can accurately guess the pronunciation of new words, and more easily remember how to spell words that they learned orally.

It is my fondest wish that this book of hers will help all Taiwanese benefit from her genius.

目錄 CONTENTS

Part 1 嘔心瀝血的學習歷程

Part 3 全美語教學的理論基礎

Part 4 學好英文的10大心法

序曲
勇敢做夢，快樂學習

　　我，曾經放棄英文。我，大專聯考時，英文考過0分。我，拒絕背單字，拒絕背文法。

　　今天，我英文說得讓老外誤以為我是道地的外國人，不會說中文。如果，連我都可以做到，你也可以做到！

　　20多年前，我因為聽到洪啟嵩老師提到將來他要到世界弘法教禪而開始作夢，希望能跟在他身旁做翻譯。一個英文考0分的人都敢作夢，夢都能成真。你，也可以。

　　我剛升上國中時，原本很期待英文課，但是因為自己固執的態度以及叛逆的年少輕狂，選擇放棄英文。

　　記得將近30年前，我考大專聯考時，英文考了0分，數學則幾乎滿分。在當時，英文要考0分不是那麼容易，數學要考將近滿分更是難如登天。我因為喜歡數理，一心只想往理工發展，從沒想到有一天會成為英文老師。

　　小時候每次作文寫到〈我的志願〉，我總是寫希望當老

師。漸漸長大後，我開始有各式各樣的想法，想當科學家，想當工程師，希望做大事，覺得當老師是比較平常的工作。在叛逆的青少年時期，我更是告訴自己，這輩子絕不當老師。

也因此，我念大學及研究所時選擇了我熱愛的印刷工業，在從事印刷業的10多年裡，除了沒實際操作印刷機外，其他部門都待遍了。我也曾在文化大學和世新大學教工廠管理、印刷設計等課程，也做過編輯採訪，同時也教人如何禪坐。我萬萬沒想到，在從事這麼多工作之後，竟然會轉行當英文老師，也才發現，原來最讓我喜愛、最讓我感到快樂的工作，還是老師。

曾有一位國外研究生在讀過我刊在《敦煌英語教學雜誌》的〈用英語教英語〉文章，聽過我的演講後，主動和我聯絡。他的論文是有關教師進修方面的，他提到當老師的人在教學一段時間後都會有被榨乾的感覺，所以當老師的人常常需要充電、上課。他由國外特別回來尋找資料，因此問我如何能不被榨乾，還能創立新的教學法，甚至不斷的訓練老師。我告訴他，我所有的教學方法、課程活動設計，都是學生教我的。

上課時我心裡只有學生，只想著如何教，他們才能學得好，不是有一個「我」在給東西。不是我要教他們什麼，而

是什麼是他們最需要的，如何教他們最容易接受。當你的心中是以學生而非自己為中心，整個課程就是那麼自然，你自然知道該如何教學，該如何安排課程，自然能不被榨乾，因為從來沒有一個「我」在給東西，當然不會被榨乾。

很感謝我的學生，讓我在教學上學到許多。因為有他們，我才能創造出一個打破傳統認定語言學習一定要背單字、背文法的學習法，一個打破傳統認定教學一定要透過考試、作業的教學法。

這本書中描述了我如何放棄英文，又如何重新學習英文，也提出了上述學習法的理論基礎。最重要的，我為大家規劃了學好英文的10大心法，希望大家讀過這本書之後，也能和我一樣輕輕鬆鬆學好英文！此外書中也包括了一劑大補帖 ──「舌頭放鬆法」，如果你覺得自己的發音不夠漂亮，試看看，真的很有效！

最後，希望你也能和我一樣，快樂學英文！

Part 1

嘔心瀝血的學習歷程

Chapter 1
國中時期

　　我在家中排行老大，從小沒有人告訴我要讀書，因此從小學開始，當我聽到老師說明天要考試了，對我而言，就是前一天削好鉛筆，並確定橡皮擦等各式文具都備妥了，就上場考試，所幸每回段考也總是排在前幾名，也因此不知道考前是需要複習的！

🦆 不知參考書為何物

　　升國中時，因為我從來沒學過英文，所以對英文充滿期待。剛開始我的英文也都不錯，都考九十幾、一百。慢慢的我發現考題裡偶爾有字彙是我從未看過的，感到很納悶，後來才知道原來都是出自課外參考書。我從來都不知道考試要讀參考書。

　　我以為參考書只是參考用的，所以覺得很詫異，為什麼很多考題都是老師上課沒有提到的？或者說，課本上沒有的東西，為什麼會考出來？我一向上課很專心，只要是老師講過的，我大致上不會錯。我錯的都是那些我沒聽過、沒看過

的題目，所以對於這樣的結果感到很生氣。雖然知道會考參考書，但是固執的我，仍堅持只要讀課本就好。

沒能參加寒暑期輔導

升國二時，開學的第一堂英文課，老師還沒開始上課，就點了三位同學上台回答問題，我正是其中之一。老師說的要求，我完全聽不懂，但是其他兩位同學卻都明白，飛快寫出答案就回座位了。我在連續問了老師幾次，還是聽不懂老師究竟要我做什麼，只好一直站在台上，而老師也不幫我。我一向是優秀的學生，從來沒有出糗過，這是我第一次站在台上無所適從。

在台上折騰了很久，總算下台了。但是那整堂課老師在說些什麼，我完全鴨子聽雷，摸不著頭緒。下課後，才從同學那兒得知，暑假時他們可以銜接先前的課程，又上了二年級的課程，也學了KK音標。

我由於升國中時從桃園轉到花蓮，寒暑假一定要回家，因此無法參加學校寒暑假的課業輔導。我向老師反應自己的狀況，然而老師的態度就是誰叫你不參加。在那之後，我就決定要放棄英文。

🦆 性向測驗

　　我雖然刻意不讀英文，但上課仍是專心的，所以英文成績也都還保持在90分以上。

　　國三時，有天早上輔導老師要我依約到輔導室找他，我當時並不知道什麼事，納悶老師為什麼要如此慎重的找我過去。原來幾個月前學校舉行了一個很縝密的性向測驗，做完之後，輔導老師也花很多時間和每個同學一對一面談，分析測驗結果，以協助我們將來選擇學校及科系。

　　那天，我依照約定時間到了輔導室，老師拿出一大堆資料，其中包括性向測驗的結果分析以及一個分析圖表。老師見到我劈頭就說：「你看，你的邏輯推理能力、抽象分析能力，都是96、97分，表示你的數理能力很強，一般人大約在70多。而你的語言能力只有70多分，雖然和一般人差不多，但是和你自己的其他項目比起來落差太大，表示你對這方面的興趣低很多，難怪你不喜歡英文。」

　　其實我當時看到那個結果好得意，除了知道自己的數理能力高人一等之外，最主要也為自己不喜歡英文找到一個很正當的理由。

　　我對數學與英文的態度，也明顯反映在上課情況上。由

於我們學校當時實施主科實驗分班（依據程度分為A、B、C三級），所以碰到主科都要換教室，自習課或非主科的課程，如體育、美術、家政等課程就和原班同學一起上。我主科雖然都分在A班，但是上數學課時，我會跑去坐第一排，上英文課時就坐到最後一排。

　　雖然我排斥英文，但學科整體成績始終名列前茅。國三時，有老師建議我考北聯，但我當時對學校好壞沒有概念，只打算回家考桃聯。我當時最要好的小學同學看到我對選校毫無概念，特別再三交代我第一志願要填武陵高中，因為他知道我一定上得了，就怕我搞不清楚，念錯學校。

龔老師心語

人在學習遇到瓶頸時，常會為自己找到不去努力的藉口，國中時期叛逆的我，甚至以為光靠數學好就能打遍天下，大家千萬不能學喔！

Chapter 2
高中時期

　　國中畢業後，我回到桃園，順利考取武陵高中。記得剛入學時，老師做調查，班上同學在國中時幾乎都是前三名，都當過班長。大家都是菁英中的菁英，雖然我的數學和同學比起來真是頂尖，但是英文就不怎麼樣了。

🦆 用力學會不專心

　　上了高中之後，英文課上的課外內容越來越多，永遠念不完，再加上老師上課時，總是在說這個詞修飾那個詞，那個子句又修飾這個子句，我完全聽不懂，因此決定完全放棄英文。這時，我給了自己一個挑戰：學習不專心。

　　我從小上課一向專心，只要一邊聽老師說，一邊對照課本，上完課時，該懂的都懂了，該記的全記住了，很少K書，因為上完課，就等於讀完了。這時發現要學會不專心還真不容易，雖然我上英文課時總覺得很不耐煩，很希望我能夠聽不到老師說話，但是，難！真難！而我又不好堂而皇之的讀其他書，於是試著在腦中想其他事情，做其他規劃，但

是就是做不到。

　　很努力的練習了一年，總算練成了不專心的武功，可以不將老師講的每一句話都聽進去。沒想到，學會這一招真是個錯誤，之後只要遇到不是很想聽的課時，就可以得心應手的運用，後來，想要找回當時那種不專心都很難的能力，難了！

🦆 喜好涇渭分明

　　我以消極的方式面對英文，但在面對數學時卻大不相同。我可以做數學做到廢寢忘食；做數學題目是我最快樂的時刻。由於我連數學公式都不背，因此對英文要背單字、背文法感到排斥，也因此我高中時期在英數2科上表現明顯的差異。

　　當時我們每學期都有英數抽考，考完後全校所有學生的名字、分數都會列在穿廊的公布欄上。我記得多次公布抽考成績時，當時英文科一看過去，全年級整排都是藍字，紅字不會超過5個，而我就是其中一個。那些藍字中很少有60、70分，幾乎都是90幾分。可是，數學看過去，整排都是紅字，只有幾個藍字，可是藍字大部分都是60幾分，超過70分的極少，我卻是97、98分。

🦆 決定轉戰工科

　　大學聯考前，我原本最想念數學系，可是老師提醒我，除非你是頂尖天才，不然以現今數學在世界上的發展，要再發現新理論很難，如果非要念數學，將來最有可能的出路就是當數學老師了。當時我不想當老師，考量到將來的前途，我決定放棄數學，改念工科。

龔老師心語

沒想到還有人刻意練習不專心，聽起來很鮮吧！這也是學習的不良示範，大家千萬別因為一時的情緒，斷送自己的學習機會喔！

Chapter 3
大學研究所時期

　　大專聯考時，日間部、夜間部、三專等等的考試，我全都去應考，其中一回英文才考了零點幾分，數學則是有次考了110幾分（滿分是100分，甲組可以加乘20%，所以滿分是120分），我等於考了將近滿分。當時自然組的數學高標大約40多分，我數學1科可以抵2科，所以對於英文考不好也不太在意。

選擇文大印刷系

　　在選擇大學科系時，除了考量到將來不想當老師外，也因為一位老師曾提到文化大學有個很特別的系所：印刷工程。當時老師很仔細的介紹了這個科系，還從中華文化的博大精深，講到最先進的印刷技術。老師的這番話，讓我憶起兒時就常問大人，印刷品究竟是如何印出來的？黑白的印刷品可以理解，但是彩色印刷品究竟是透過什麼原理技術才能呈現出如此豐富的色彩？當時沒人能給我答案，永遠都是一句：「小孩不要問太多。」

因此，我決定念印刷工程，自己去尋找答案。

我的微積分

進入文大印刷系後，知道大一就有有微積分課程時，我好高興也好期待，高興得連老師要用原文書都不以為意。當時的微積分老師還特地告訴我們，他每年都會更換最新版的原文書，所以我們絕對沒辦法找到譯本。

一開始，我很認真的查字典，整頁密密麻麻的英文，幾乎每個字都查，查得很辛苦卻仍然看不懂，最後索性不查了。我略過所有原文只看公式，結果發現更輕鬆、更看得懂，讓我更加不把自己英文不好的事放在心上。

考研究所英文只拿24分

我上了印刷系之後，大一暑假就開始在印刷廠工作。我常開玩笑說，自己除了印刷機沒操作過之外，印刷的每個部門差不多都待過了。我就這麼半工半讀直到大五。我是個愛念書的人，但是大學期間因為工作，絲毫沒享受到大學生活，也沒有享受到做學問的快樂，於是決定彌補缺憾，報考印刷工程研究所。

我考研究所時，最擔心的科目就是英文，因為我從國

中畢業後就沒認真學過英文。想當然爾，英文0分絕對上不了研究所，但因為我有過0分的紀錄，所以備感壓力。當時儘管我很認真的讀英文，但是讀了半天還是不知道在讀些什麼，只能死馬當活馬醫。所幸，在惡補之下，我拿到：24分。

我還記得同屆考上的研究生共7個人，除了我以外其他都是男生，他們的英文全都是80幾分以上，我卻離及格邊緣很遙遠。還好我的3科專業科目都考90多分（當時一般人專業科目都考70~80分），多少扳回一些顏面。

自討苦吃的論文題目

然而，荒謬的是，我到研究所一年級時都未曾想過要學好英文，在挑選研究所論文題目時，偏又不想寫大家都在做的東西。我當時觀察到台灣的印刷業儘管擁有極佳的印刷品質，人工成本也比美國便宜三分之一，但是懂印刷的國際人才不足，對國外市場不了解，因而無法確實做到外銷，覺得非常可惜，因此定了「台灣印刷品外銷的趨勢與策略」的題目。許多教授都說我不可能寫這個題目，因為這個題目既沒有書籍可參考，也沒有數據可供佐證，所有實驗都得自己做。也因為選擇了這個題目，我才開始感受到自己英文這麼

糟，竟還敢寫這樣的題目，還敢講外銷。

龔老師心語

我喜歡給自己挑戰，跟自己找麻煩。有挑戰，就有
突破。有空也可以給自己出一些題目，試試看，也
許你會找到另一片天空喔！

Chapter 4
慘烈的補習經驗

我在大學期間開始跟禪學大師洪啟嵩老師學禪坐，上課時洪老師曾提到將來他要到全世界弘法，不知為何，當時我腦中立即浮現我在老師身旁當跟班的情景，還清楚看到他在台上演講，我則隨侍一旁幫忙翻譯。然而一回神，覺得自己真是在做天大的白日夢。

立下學好英文的決心

當時洪老師的員工有一、兩百人，個個都非常優秀，就算我能跟著老師四處去弘法，又能做為他些什麼？翻譯嗎？真是笑掉大牙，別說我自己大字不識幾個，就算我英文很好，只怕也輪不到我。那當個侍者打雜呢？只怕我連這種活也做不好，因為我向來就是獨善其身，根本不知道如何照顧別人。

然而，從那天起，我心裡始終掛念著這件事，也時常幻想老師在台上演講，我在旁邊翻譯的情景，想著想著，想到如果我要達成這個夢想，就必須學好英文。

　　於是，我決定在研究所畢業後好好補英文，並且定下遠大的目標：既然要學，就一定要學到最好，也一定要把學費賺回來。所以最終極的目標就是要具足當老師的資格，並且當個兒童、成人都能教的頂尖老師。

　　也因此，我與英文奮鬥的人生就此展開！

破冰談何容易

　　就在研究所快畢業時，我開始到處問朋友該如何學好英文，朋友給我了許多意見，我依舊摸不到頭緒。後來有個好心的同學自願要教我，幫我省下補習費用。

　　我永遠記得第一次上那位同學的課時，真是痛苦極了。時間一分一秒流逝，我以為已經過了許久，沒想到才過5分鐘，上得我心中直冒無名火。就這樣，我最後只撐了10多分鐘。我告訴朋友，我實在太久沒上英文課，這10多分鐘對我而言已經非常沉重。

　　我當時完全沒料到事情會演變至此，也不知道原因何在，只覺得課聽不下去。我雖然對自己上課時強烈的情緒反彈非常驚訝，卻不知道該如何破除學英文的心理障礙，只是告訴自己要試著放下上英文課的排斥，漸進式的每天都接觸一些英文，讓自己不要看到英文字、聽到文法就抓狂。我慢

慢藉由這個方式破除了學英文的心理障礙。

不愉快的經驗

　　推辭朋友的好意後，我唯一的選擇就只有上補習班了。剛開始時我根本不知該如何選擇，看到一家就進去碰運氣，但大部分都是在試聽10分鐘後就打退堂鼓，因為我完全聽不懂台上的老師在教些什麼。

　　後來我開始找連鎖體系的補習班，每去一家就會要你填一大堆資料，包括學歷、籍貫等身家報告，填好之後還得付費做測驗。做完測驗，我都會向對方詢問我的等級，有些補習班會當場告訴你，有一家則是死都不願意透露。這家補習班的櫃台人員禁不住我一再追問，便不耐煩的將我的資料摔在桌上，不屑的說「初級班啦！」，接著看都不看我一眼就走開了。我心裡雖然很受傷，但是課還是要上，於是又厚著臉皮問何時上課、什麼班級教室等問題。然而，櫃台人員仍是一臉不屑，只告訴我幾月幾日來就知道了。

　　上課日期到來時，我乖乖去報到了。我問櫃台人員教室在哪裡，他們依舊愛理不理，只隨便一指說：「那邊！」我找了好久，最後終於找到一間細細長長的小教室，裡面大概有10個孩子。我走進去，還覺得不可置信，心想：「這是我

的教室嗎？」我站了很久不敢開口問，總算提起勇氣問時也沒人理我，後來進來一個阿嬤，我才明白：「喔，我要在這裡上課，這間教室都是小孩，只有我和那位阿嬤是成人。」接著進教室的老師是個年輕小伙子，整堂課都在教發音和拼字，但是從頭到尾我都不知道他在教些什麼，教室秩序也一團亂。

這個經驗讓我大受打擊，因此後來只要碰到去別家補習班填「身家報告」時，學歷部分我都只填到高中。因為我害怕填上研究所，會看到他們臉上不可置信的表情。儘管我不喜歡撒謊，卻覺得這麼做會讓自己好過一些，也就這麼做了。

早期在補習班上課時，只覺得上起課來很痛苦，到底學了些什麼還真的莫宰羊。有些老師拚命補充單字，講了這個字又想到那個字，抄了一堆筆記，什麼是什麼都搞不清楚。有些老師則是上課一直聊天，整堂課下來也沒教到什麼重點。還有老師完全不管上課進度，一進教室就拿出自己準備的上課內容，讓人覺得他可能每個班講的都是同一套東西。有的補習班甚至還採用從國外回來，年紀看來不到20歲的年輕人當老師，他們完全不懂教學，也根本沒有實際教學經驗。我當時碰到的大部分老師對學生的程度、需要都不清楚，不僅不關心學生，也不在乎自己的教學成效。

索性自己進修

受了如此多挫折之後，我想自己讀搞不好還比花錢去美語補習班有效，因此到書店買了各式各樣的英文學習書、教學雜誌與錄音帶，準備好好衝刺一番。

但是我讀了這麼多書、聽了這麼多錄音帶，心中卻起了很大的疑惑：這些書，有些教單字，有些教句型，但全都是片段的，這樣我遇到外國人時，該如何把單字和句型組合起來？

而且我之所以聽得懂錄音帶裡的句子，是因為我查了字典，再搭配書上的翻譯，但如果我在路上遇到外國人，他並不會照上面的對話和我說話呀！語言是活的，並非一成不變，我要學到何時才能和外國人溝通？才能自我表達？

這就讓我想起我還在沈氏印刷工作時的一段往事。當時有個畢業於匹茲堡大學的學長，他們的校長來公司參觀，我目睹學長用流利的英文幫他做了導覽。當時我覺得好羨慕，心想：「英文句子那麼多，那個校長講的話不見得課本上都有，為什麼學長都聽得懂？」而我花了大把力氣背單字、背句型，卻還是一點也派不上用場。

還好，後來我放棄讀那些書，因為我的啟蒙老師Jim看

到那些書後，直說那些書用處不大，因為他隨便一翻，頁面上就有許多錯誤的句子，屢試不爽。

我終於有了英文名字！

開始補英文到現在，進度仍幾近於零，直到我走進當時一家頗具規模的連鎖補習班（後來我在這裡當到總校的教務）。那間教室不大，但至少學生都是成人，且教室裡的椅子排成ㄇ字形，看起來像試聽教室，感覺專業多了。

第一天一開始上課，老師就用英文問大家：「What is your name？」所有學生一一回答，而我從老師提出問題就開始忐忑不安，因為我沒有英文名字，不知道待會輪到我時該如何回答問題。我腦中盤旋著「I don't have name.」與「I have no name.」2個句子，但也不知道文法對不對。就算對了，也不是我要表達的意思。因為我有名字呀！我只是沒有英文名字，也想不到可以用哪個英文名字。

掙扎掙扎就輪到我了，我只能眼巴巴的看著老師一句話都說不出來，還好那位老師善解人意，幫我取了一個名字：Lynn。說也奇怪，我一聽到這個名字，就莫名的歡喜，因此一直沿用至今。

襲老師心語

凡事起頭難，千萬不要因為前面的挫折就放棄喔！

Chapter 5
突飛猛進的一年

　　我就這樣一路跌跌撞撞，直到進入知仁補習班，才打通學英文的任督二脈。

　　我先前就耳聞過知仁補習班，知道那裡只有外籍老師，個個老師都具備良好素質，還是小班教學，但礙於自己的英文程度太差，根本不敢去。

刻意找外國老師上課

　　於是，我決定先找個外國老師上一對一的課程。我不知道該去哪裡找老師，便透過報紙的分類廣告找到了一位外國老師。不幸的是，這位老師也不懂教學。我每週跟這位老師見2、3次面，密集的上了1個月的課，期間這位老師就只是照著1本字彙書，他唸一句、我唸一句，好一點的時候偶爾穿插1、2句對話。

　　雖然他不會教，但我想既然花了錢，至少要盡量運用。所以，上課前我會先準備一些問題，盡量讓自己面對外國人時能夠表達。他不是一個知道如何當老師的人，所以大部分

時候都無法回答我的問題，有時我準備別的英文教材請他教我，他也只是帶我唸過一遍就草草結束。儘管沒有太多實質效果，但這麼做至少讓我看到外國人不會害怕，而且可以開口說話，雖然不見得能完整表達，但至少不會當啞巴。

遇見啟蒙老師Jim

　　一切準備就緒，我懷著興奮緊張的心情踏進了知仁補習班。一如在其他補習班，我也做了能力測驗，結果居然不是第一個等級，讓我大感意外。這時我才驚覺，原來先前做的努力儘管不太有效率，但並非徒勞無功。這或許是因為，經過這段時間的努力，我至少喚回過去學生時代的基礎，也從補習班多學到了一些東西。

　　我的英文程度是這裡一塊、那裡一塊，初、中、高等級的東西都懂一點，所以剛開始時才會學得特別辛苦。慢慢拼好這些拼圖時，我的英文開始突飛猛進。更幸運的是，我在那裡遇到了好老師Jim，幫我拓展了英文學習之路。

　　我永遠記得，第一天上課時，Jim老早就進了教室，已經在寫板書。這點讓我很吃驚，因為一般上課鐘響都是學生先進教室，老師才進校室。後來才知道，Jim一向早早就進教室，預先在黑板上寫好當天要教的東西。

　　我一看到Jim，心裡忍不住OS：「怎麼這麼邋遢？！怎麼不是年輕帥哥？」第一次上他的課時，我的英文程度仍差得可以，但是神奇的事情發生了：我居然聽得懂他的英文，而他也聽得懂我的英文！我們完全可以理解彼此，真是讓我驚喜萬分。這樣的經驗，大幅提升了我的學習信心，讓我燃起學好英文絕對不只是夢的希望！

　　我所參加的是2個月一期的密集課程，週一到週五都要上課，每天上3個鐘頭。Jim是我見過最會教的英文老師，他懂得掌握學生的程度，總是留心用學生聽得懂的語言來教學。他以生動活潑的方式教英文文法，讓我覺得文法可以輕鬆應用，並非只是規則而已。最重要的是，上Jim的課沒有壓力，即使回家沒念書，也永遠不用擔心會跟不上進度。在這種毫無壓力的學習情境之下，我英文進步的速度一下子加快許多。

　　從這時開始，我對英文有了感覺，上課不再痛苦，雖然白天要上班，晚上還要上3小時的課，卻樂此不疲。

我的英文從此開始

　　上過幾堂課之後，我發現班上的同學跟Jim的感情非常好，每個學生都像是他的老朋友，下課後常跟他去看

MTV。同學們其實也會邀我，但我因為隔天得工作從未加入，直到這期課程快結束，而Jim也要回美國時，我才挑了一個隔天不用上班的日子跟他們去。

到了MTV，Jim租了片子（當時看的片子大概是「歌劇紅伶」〔Diva〕、「梅岡城故事」〔To Kill a Mockingbird〕、「公主新娘」〔The Princess Bride〕、「紅粉聯盟」〔A League of Their Own〕、「萬世魔星」〔Life of Brian〕、「狼女傳奇」〔The Journey of Natty Gann〕、「小巨人」〔Little Big Man〕、「北非諜影」〔Casablanca〕），都要求不租字匣（那時去看MTV還是用雷射碟片，再租中文字匣）。

影片開始後，我原本就不預期自己都能聽懂，但原以為自己就算聽不懂，至少總能猜到大概的劇情吧，但我卻完全不知道內容在演些什麼！

這是我在英文能力提升之後碰到的第一個挫折。

同學們除了跟Jim去看MTV之外，週末也會跟Jim一同出遊。我當時也以週末需要好好休息為由，一直推辭邀約，直到Jim返美前的週日才加入他們的行列。

這次出遊，又讓我碰上新的挫折，因為我發現我竟然聽不懂Jim說的英文！怎麼會上課時完全聽得懂對方的話，下課出來玩卻很多都聽不懂？原來Jim上課時會特別注意用

詞，下了課他說話比較自然。後來問同學，才知道他們也是一路猜，但他們都把握跟老師出去玩的機會，整天跟著練習，而我就沒能像他們一樣積極。雖然缺少跟外國人實際的生活互動，但我假日在家總是很認真的將這周上的課程複習一遍。

🦆 同學再也不敢笑我了

　　Jim返美期間，我們班由別的資深老師接手，我也持續學習並未中斷。後來Jim從美國返台後接了別的班，我雖然不是他的學生，卻也常跟他班級的學生一起去看MTV。

　　我就用這種方式學了一年，英文能力大幅提升，最明顯的差異即是，過去是我不敢在別的同學面前講英文，如今情況卻完全逆轉，變成他們不敢在我面前講英文，因為我已經在不知不覺間能夠講出流利道地的英文。

　　發現自己說英文的能力強過同學，是因為有次我邀請Jim一起參加我的同學聚會。結果那些過去常笑我英文差的同學，一開口說英文不但有腔調，句型架構也不完整，我以前都以為他們好棒！這時，我學英文也才1年。也是在這時候，我第一次發現原來我的英文已經進步不少。

　　我學英文的過程，就好像嬰兒從不會說話到突然開口、

會說話,因為我是成人才經歷這樣的過程,所以感觸更加深刻。那時我在補習班時,下課跟外國老師聚在一起聊天,常會莫名其妙迸出一些句子、單字。我不清楚自己為什麼會講那些字,那些字又是從哪裡冒出來,純粹是外國老師講什麼,我就會自然的回應,老師也都覺得我的用字比一般學生標準正確,不像死背單字出來的學生,用字多少有些奇怪。

龔老師心語

學生學不好,有時真的不是學生的錯,遇到一個好老師,找到一個正確的學習方法,可以扭轉我們的學習成效。

Part 2

步上教學之路

Chapter 6
從學生變老師

後來在知仁補習班一直上到最高等級，直到讀完 Spectrum 套書的第 6 冊。

Spectrum 是我所見過最完整的成人教材，每本書 AB 兩冊總共 14 個單元，每個單元的第一課是由數個對話組成，而這些對話中的文法、語法，則分別在之後幾課中有詳細解說及練習，文法練習之後又是一個貫串全書的連續性對話，最後一課則是閱讀及寫作。

這套書的內容編排非常實用，單元主題安排舉凡問路、打電話、購物、旅遊、用餐、職場對話，無所不包，在文法上的安排也很完整細密。而文章對話的編排也非常道地，能夠真正學到美國人的文化與實際生活用語，此外這套書內含的錄音帶對話，不論在速度、內容情境上都非常逼真，是一套非常好英語學習用書。

上完這套課程後，我開始考慮到是不是該測試一下自己的英文實力，於是鼓起勇氣去補習班應徵英文老師的職務。

應徵英文老師

　　我挑了一家感覺實力不錯的補習班，但要得到教職，必須先通過筆試、試教、面談 3 道關卡。

　　初試時，考場裡滿滿數十名應試者一起在教室中寫考卷。由於題目並不是特別刁鑽，所以我安全通過了。複試時，應試人員明顯減少許多，大約剩不到 10 人。這回所有應試者被隨意指定一課內容，並且需在評審委員面前試教。而我拿到的上課內容，是要教一些形狀，如三角形、正方形、圓形，完全沒有教具或圖卡可以使用。我當時從未觀摩過任何英語教學課程，實在不知從何教起，只能硬著頭皮上場。所幸評審委員似乎覺得我的親和力夠，上起課來很清楚、易懂，讓我有驚無險的通過第 2 道關卡。最後一關則是和補習班的外籍顧問一對一面談，沒想到我又被通知錄取，請我依規定時間到總校接受培訓。

　　但就在我受訓之前，我的師長受台灣最大特殊印刷廠之託，希望延攬我過去那個印刷廠工作，這次的工作內容和我過去從事的平版印刷不同，而我向來喜歡挑戰，於是暫緩教英文的美夢，又重回印刷業。儘管重操舊業，但我心裡還是懷著教英文的心願，因為我先前已立下要把花在學英文的錢

賺回來的目標，有朝一日，我一定要成為英文老師！

接受師資訓練

這麼一緩就是2年，2年後我決定繼續進修英文，然而知仁的老闆因為長年旅居國外管理不便，早已回國結束補習班事業。那兒的老師後來幾乎都去了台大語言中心，Jim也不例外，因此我選擇那兒做為繼續進修的基地。

我在台大語言中心循序上到最高等級之後，當時的同班同學都有志一同說要教英文，所以我們幾個人組成了一支作戰部隊，一塊到補習班面試，給彼此壯膽。我通過了所有補習班的面試，先後到了2家補習班接受教師訓練課程。

其中一家是全國規模最大的連鎖補習班之一，他們的訓練方式很簡單，最初只讓我看了幾天2小時的錄影帶，再來就指派我去看一位外籍老師上課。外籍老師一進教室，就叫全班將近30名學生起立，能回答老師問題的人就能坐下，等到全班都坐下時已過了10多分鐘，之後這位老師完全是照表操課，毫無教學技巧可言。因此儘管這家補習班的排課堂數較多，上課的分校也在我住處附近，但我因為無法接受他們的教學方式，最後選擇辭退工作。

另一家補習班雖然規模較小，但他們為期5天、每天2

小時的師訓課程卻極為扎實。他們不僅教導受訓的老師如何不用中文教學，我們還必須一一上場實際演練，所以課程結束後收穫滿滿。因此，儘管我在這家補習班1週只有3小時的課，來回車程還得花上3小時的時間，但我因為實在太欣賞他們的教學，便選擇它做為轉行的起點。

🦆 從兼職老師到總校教務

就這樣，我開始了規劃已久的教學生涯。

我3月底就職時原本還只是個1週只有3小時課的兼職老師，5月時該分校班主任就向總校要求由我接手所有暑假課程。當時我所待的補習班，在分校上課的老師都是從總校分派，而暑假是招生旺季，每家分校的課程都爆滿，總校老闆說他做補習班10多年，首次見到5月就有分校班主任跟他指定暑假的新班都要開給一位老師。他很好奇這個人究竟是誰？6月時，連成人總校也要求他把課排給我。7月暑假開始時，他說大家都要這個老師去上課，總校當然也要找他來，所以我7月也開始在總校上課。8月時，老闆就要我暑假結束後到總校當教務。雖然是總校教務，但由於當時總校沒有班主任，我便順理成章身兼總校教務與班主任的工作，所有分校老師的面試、訓練、派遣等工作，也全都由我負責。

龔老師心語

人世間的際遇充滿無限可能。面對所有事情,永遠懷抱希望,成功是給正面思考、永不放棄的人。

Chapter 7
教學認真

為何我能在短短幾個月中，由一週只有3小時課的兼職老師做到總校教務？

當初在我面試受完訓練後，就依照總校指派到了那家分校，接了2個班級。那2個級班大約只需再上4次課程就結業了。我當時也沒有多想，反正人家給我什麼班我就去上。

留班百分百

當時規定老師在上完課後，得在班級的點名表上簽名。我最初並沒有注意到，那2個班從那個等級的第一天課直到我接手之前，每回簽名的老師都不同。我因為剛跳到新領域完全不清楚狀況，只知道該我上課就去教，也沒注意到。

後來才知道，原來那2個班的小朋友跟老師的感情非常好，但是老師後來突然間離開，導致2個班的小朋友完全無法適應新老師，讓新老師完全教不下去，甚至誇張到沒有老師願意再去教第2次，直到我這個大菜鳥接下老師們眼中的燙手山芋。

後來班主任告訴我，因為這2個班上了前20堂課都沒有老師存活下來，他本來並不指望這2個班有任何學生留下來續上下一期的課程。結果我接手才教幾次，2個班的學生竟出乎意外全留了下來。

學生給了我新的事業舞台

就在我接手這2個班級2、3個禮拜之後，補習班舉辦了一場麥當勞活動，所有老師都得帶著全部學生到麥當勞用英文點餐。

一出補習班大門，我的雙手就被好多隻小手牽著，小朋友們一路上問我好多問題，像是我家住哪裡？坐什麼交通工具到補習班？有沒有男朋友？他們七嘴八舌的問個沒完，還主動告訴我他們有多少兄弟姊妹，假日都做些什麼，有什麼嗜好等等。每個小朋友都迫不及待想和我說話，因此我手中的小手也一直被換掉。

一路浩浩蕩蕩到了麥當勞後，小朋友紛紛點完餐坐下時，我的學生就跑來找我，要我過去和他們一起坐，坐沒幾分鐘又有另一組學生要我過去和他們坐。就這樣，2班的學生不停跑來找我，所以當天我一直轉檯，輪流和我的學生坐。

班主任將一切看在眼裡，發現這個老師怎麼如此有魅

力，怎麼才上幾次課就能捉住全部小朋友的心？特別是這些小朋友之前還讓其他20多個老師沒辦法把課上下去。所以這位班主任才會在5月時就告訴總校，他們分校暑假的所有課程都要由我負責，也因此揭開我戲劇性的晉升過程。

🦆 我的工作態度

我以為自己的工作態度很正常，沒想到對一般人而言並非如此。

我剛開始教書時只有2個班，一班一個半鐘頭，一個禮拜就教3個鐘頭，雖然教書前上過訓練課程，也覺得很棒，可是到了實際上場時總覺得不足，所以我花了不少時間找語言教學、兒童教學等各方面的參考書來研究。

除了自修之外，我也常常回去找我的trainer（訓練講師）問問題。我那時經常待在訓練講師的辦公室裡，而且只要情況許可，我幾乎不會錯過那位trainer的示範教學，看到他跟我說：「你都已經看到爛掉了，還要看嗎？」

成人總校見我如此好學，便問我要不要去上貝立茲（此機構為美國政府訓練外交官之指定機構）的師資訓練課程。這個課程為期1個月，每天上1小時，只有班主任和資深老師才能參加。因為我之前從未受過成人的教學訓練，又耳聞

貝立茲教學法盛名，心想這種花錢還上不到的課（更何況還是免費的），我怎麼能夠錯過！

此外，我開始在總校當教務時，上班時間是下午到晚上，可是才去沒多久，因為早上7點有上班族的清晨班，那時正好沒有老師願意上這麼早的課，我便自告奮勇接下任務。早上上完課到下午上班這段時間，是我的私人時間，但是如果我回家，來回要3個小時，所以就留在補習班。但因為是總校，整天隨時都會有人走進來面試，或做插班測試，我也就很順理成章的繼續工作，沒有休息。

就這樣，我每天早上5點起床，一直工作到晚上，10點後又常和老闆開會到11、12點。我過了幾個月這樣的生活，後來因為出了車禍，休養了一年。

龔老師心語

當你不計較付出，心中只想著如何將事情做好，並且能將「我」放下時，「機會」會自動來找你，「成功」會自己靠過來。

Chapter 8
教學生涯新高峰

　　在台大語言中心上課時，我和同學到處去補習班面試的原因，是希望將來能合力開美語補習班，為開業先做一些準備。我們甚至還開了好多次會討論，大家的興致都很高，但是後來大家工作一忙，就不了了之。

成立慧橋美語

　　在我車禍後休養的1年間，我先前待的連鎖補習班因故倒閉，許多過去的同事，不論是老師、櫃檯，或師訓講師，都希望我出來自立門戶。有些先前配合過的加盟分校也告訴我，如果我開補習班，他們希望能夠加盟，因為我們過去一直配合得很好。更有老師告訴我，如果我開業，他會將整個班級帶過來，但是我不願意搶別人的生意，所以並未接受。

　　後來在我身體稍好後，許多朋友及過去的同事都慫恿我和Jim開補習班，因為我們兩個人上課的最大特色之一，就是我們都是保證班，學生絕對不會流失。如果我們能聯手出擊，應該很有機會。無法忘情教學的我在眾人的鼓勵之下，

決定和Jim放手一搏，終於成立了慧橋美語，亦即後來的豐橋美語。

　　剛成立補習班時，我們不會招生、不會行銷，但只要學生開始在我們這裡上課就幾乎不會離開。10多年來，不斷有孩子告訴我，這裡不是補習班，這裡是他們的家。甚至還有學生說，豐橋害他沒辦法去其他補習班補習（其他科目），因為那兒沒辦法給他們這種溫馨的感覺。豐橋，一直是每個孩子的家，我們的孩子沒事總喜歡來這裡逗留，他們告訴我，豐橋不是補習班，這是讓我感到最欣慰的事。

美夢成真：隨洪老師到世界弘法

　　我在大學時因為聽到我的禪修老師洪老師要到世界弘法的心願，而開始做起跟在他身旁做個小書僮，甚至當翻譯的白日夢。沒想到，我這個英文考零分的人居然真的達成夢想了！

　　2004年4月，我跟隨洪老師到美國波士頓，俄亥俄州的德頓市，以及紐約，進行為期3週的弘法行程。洪老師在波士頓做完第一場演講後，隨即贏得滿堂喝采。演講才結束，主辦單位麻州佛教會希望安排洪老師到哈佛大學演講，可是洪老師除了「I don't know.」這句話，其他英文幾乎都忘

了，於是他們轉問我能否充當翻譯。

　　天呀！我不只達成在老師身旁當跟班的心願，才第一次出門就有人要我幫老師翻譯，而且還是在哈佛大學演講！然而，我至今為止完全沒有翻譯經驗，加上又是國際知名的學術殿堂，我擔心這樣專業的演講會用到許多我不知道的專有名詞，挑戰實在太大，只好請他們另覓更好的人選。

洪老師的驚人學習成就

　　那場演講後，很多人希望洪老師以後能用英語演講，聽起來一氣呵成會更暢快。此外，他的放鬆禪法CD，因為功效很大，使很多人在身心放鬆上受益良多，因此很多人希望能有英文版，好給他們的朋友或不懂中文的子女聽，也希望洪老師能親自錄製英文版。所以自美國返台後，我和Jim就主動去當老師的英文家教。

　　這對我來說又是另一個震撼及挑戰，洪老師是我很尊敬的生命導師，我要如何教他？而我之所以去學英文，也是因為他，如今我反過來教他英文，這一切的因緣變化真是微妙。

　　於是我和Jim每週都去為洪老師上1.5~2小時英文課。洪老師年輕時因為覺得英文是番邦語言而沒有好好學習，而且26個字母發的音都是台灣腔。但因為洪老師本身是禪學大

師，身心都能很放鬆，所以當我們一教他Phonics自然發音法時，他的發音立即變化，許多成年人都發不出來的音，他都能很漂亮的發出來。

此外，他也是非常棒的學生，我們要他聽哈利波特的CD、讀哈利波特的原著小說，他就照做。他從剛開始完全聽不懂，也跟不上CD的速度，到第一集讀完時，不僅能跟上速度，也聽懂故事內容。

此外，我們要他看DVD，他同樣也很認真，不放字幕。他在開始讀英文3個月後寫下英文詩，讓哈佛大學的師生同感讚嘆，還要求他們社團每次聚會前可否先讀一首老師寫的詩。就這樣，1週1次，不到1年的時間，洪老師和我又到了波士頓。這一次，他用很漂亮的英文在哈佛及麻省理工學院（MIT）演講。

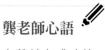

龔老師心語

有夢就有成功的一天，讓我們開始做夢，讓我們美夢成真！

Part 3

全美語教學的理論基礎

Chapter 9
英文腦區

　　自開始教學到創立豐橋至今，已有近20年的時間。這段期間，我吸收了許多相關語言學知識，再綜合寶貴的實際教學經驗，開創出一個全新的語言學習概念及教學法：幫助學生建立英文腦區，讓學生輕鬆學習英文，收到最大學習效果。

什麼是英文腦區？

　　不知你是否也有來不及聽或來不及說英文的經驗？原因就出在我們尚未建立英文腦區。在此我舉一個實際例子說明英文腦區的概念。

　　美國有位教授，教的是全世界鮮少有人會說的古典希臘文。他因為出了車禍，腦部嚴重受創，醒來後竟完全不會講英文，原因就出在他腦部受創的部位正好就是英文語言區！所幸，他的希臘文語言區並未受損，而他的妻子也懂古典希臘文，所以他仍然能用古典希臘文與妻子溝通，再由妻子幫忙翻譯成英文，然後他再像小孩一樣重新學習英文。

　　由此可知，語言區確實存在。類似的案例很多，比如有

的人傷到語言區的形容詞區，因此無法說出形容詞，有的人因為傷到動詞區，所以遇到動詞就無法表達。因此，我們在學習英文時，如果能夠建立起英文語言區，在使用英文時就不會發生上述來不及聽或來不及說的窘境。

建立不同語言區，讓你更聰明

　　由於一般人都是用翻譯的方式學英文，譬如我們在學到dog這個字時，是記dog這個字的意思是狗，所以dog這個字是建立在中文腦區，在狗這個字上形成了一個word pair（字串）。如此一來，中文腦區擴大了，但是英文字dog卻沒有鍵入英文腦區。也就是說，這個字並不存在英文腦區，或更嚴重的，英文腦區根本不存在。

　　將同樣的英文字彙量、句型量掛在中文腦區裡所形成的大小，絕對比不上將它們另外建立在英文腦區。也就是說，當我們將dog掛在狗這個字上時，形成狗－dog字串時，我們的中文腦區會增大一些，但是我們如果將所有掛在中文字串上的英文字，另外開闢一個英文腦區時，這個腦區的大小會比掛在中文腦區時，使中文區增加的大小還要大。此

狗－dog

外，曾有相關科學研究指出，當你擴充了腦中的語言區，腦被開發的程度增加，智商也隨之增加，人也跟著變聰明，可說是一舉數得。

在英文腦區尚未建立時，我們聽到一句英文時，就得先把它轉成中文才會知道意思，回答時還得先想好中文句子，最後再轉成英文。想當然爾，這樣的速度絕對會反應不及，但如果你已建立起英文腦區，就不需要如此大費周章了。這就是為什麼很多人英文學了半天，背了很多單字、句型，真遇到要講的時候卻無法派上用場，因為他們把資訊存錯地方，因此無法像電腦一樣可以快速捉取到資料。

我們之所以能把中文（母語）說得很流利，是因為我們已經建立起中文語言區，所以我們如果希望把所學的語言說得很流利，一定要先建立該語言的語言區。

我有沒有英文腦？

要如何知道自己有沒有英文腦？最簡單的測試方法就是透過數字的中英文轉換。讓我們來做做兩個實驗。

第一個實驗，請快速以英文唸完以下數字：9、5、1、4、7、9、6、3、2、5、8、4、2、3、5、7、1、6、8……你是否能很快速的唸完，不間斷，也不唸錯呢？

　　現在，再用中文覆誦這些數字，是不是感覺很不一樣或順暢多了？如果你感覺兩者的順暢程度差距很大，就表示你的英文語區可能不太鞏固或尚未建立；反之，如果差距不大，就表示你的英文語區已建立得很好。

　　第二個實驗，請立即不加思索的用英文說出你的手機號碼。

　　如果你同樣可以很快速、正確的唸出來，就表示你有英文腦區。但如果你說得斷斷續續，甚至可以清楚感受到自己在兩個語區當中轉換，這也表示你英文腦建立得不夠鞏固。現在把電話號碼寫在紙上，寫好後看著紙張唸出來。有沒有明顯感受到用這種方式唸起來簡單多了？

　　數字如此簡單的東西，絕對有建立在英文腦區中，但因

實驗1

實驗2

為我們平常都以中文說自己的電話號碼,所以號碼很自然的只存在中文腦區中。當你將它搬出來寫在紙上時,就純粹只是運用英文腦區中的數字在讀這一組數字,因此再讀出這組數字時就變得容易許多。

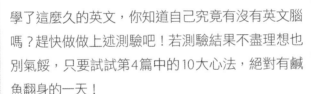

龔老師心語

學了這麼久的英文,你知道自己究竟有沒有英文腦嗎?趕快做做上述測驗吧!若測驗結果不盡理想也別氣餒,只要試試第4篇中的10大心法,絕對有鹹魚翻身的一天!

Chapter 10
2步驟，建立英文腦

做過前面的實驗，我們可以很清楚感受到何為英文腦區。此腦區一旦建立起來，要馬上開口說英文絕對沒問題。所以，我們就來探討如何建立英文腦區，而我們又是為什麼學了很久的英文，卻沒有建立起英文腦區。

第1步：不用翻譯的方式學英文

記得有次我在櫃台看到學生的聯絡簿，順手拿起來翻翻，發現上面寫了好多中文翻譯（櫃台人員每天會將當天上課教案內容貼在學生的聯絡簿上），而且幾乎每頁都有錯。舉例而言，rude這個字被翻譯成「野蠻的」，我當下就提出質疑，沒想到櫃台的工讀生（大學生）卻立刻回答：「rude本來就是『野蠻的』啊。」天啊！難道以傳統翻譯方式學到的就是這個意思嗎？

我隨即向工讀生解釋：「如果今天上課時，我叫學生拿東西給我，學生覺得好玩用丟的，我說：『Hey, you are rude!』如果這個學生認為rude這個字的意思是野蠻的，那

他不就認為我是在罵他野蠻嗎？可是我只是說他不禮貌呀！」

　　於是，我找來那名學生詢問：「你的聯絡簿上為什麼有中文翻譯？是你寫的？還是媽媽寫的？」（有時純粹是家長為了知道孩子在學些什麼而查的，並不是給小朋友看的。）

　　學生說：「是我寫的。」

　　我又問：「你知道上面有很多錯誤嗎？」

　　學生：「不可能的，是媽媽叫我查字典，我寫完媽媽還檢查過。」

　　我於是和學生的母親深談了一會兒，告訴她聯絡簿上有諸多翻譯錯誤，比如她的孩子把outside這個字翻成了「外側」。Outside的正確意思是「在外面」，但是他在查字典時，字典的翻譯是「外側」，out是外，side是側，不知是不是因為這樣，字典將outside翻成了「外側」。

　　學生的媽媽立即聽懂了，但內心還是有個疑慮。她說：「孩子的等級越來越高，學的單字也越來越抽象，我很擔心他無法掌握字的確切意思，因為我有時問他某個字的意思，他甚至答不出來。」

　　我說：「不用擔心，孩子有時答不出來是因為他們對某些字太有感覺，反而一時找不到恰當的中文意思。不同的語言，因為文化背景不同，有時每個英文字並不能找到

完全對應的中文，所以若透過翻譯去學字，就很難用得正確、漂亮。就以silly與foolish這兩個字為例，我們的老師在上課時會以各種動作、表情、言行舉止，盡可能讓學生清楚知道這2個字的意思，但如果要學生用一個中文詞去將2個字的意思解釋出來，真的是有困難。如果查英漢字典，silly和foolish都是「愚蠢的」、「無聊的」的意思，但實際上兩者的意思卻完全不同。你可以說老師silly，卻不能說老師foolish，因為不只意思不對，更有罵人的意思。」以silly為例，在老師以各種搞笑方式讓學生知道這個字的意思時，學生們也會很主動自然的指著老師說：『You are silly.』那foolish呢？老師可能會用這樣的句子來解釋：『Playing in the middle of the road is foolish.（在馬路中央玩耍是愚蠢的。）』

　　說完這些例子之後，我又向這位媽媽說明中文腦區和英文腦區的概念。

　　她馬上說：「您的意思是，雖然我的小女兒現在學的字彙都很具體，例如：動物、顏色、文具，但就算她不會猜錯或弄不懂意思，我仍然不能告訴他那些字的中文意思！？」

若用翻譯的方式學英文……

　　這位媽媽真的很明智，理由何在？重點就在於如果你告

訴孩子單字的中文意思，那個英文字就會掛在中文腦區裡。所以一開始學單字時千萬別用中文對應英文的方式來學，最好透過圖像來學習，譬如使用圖畫字典，鮮明有趣的圖像能夠讓人看著就融入其中。如此就能不經翻譯，不透過中文腦區，將單字直接建立在英文腦區裡。而你或許會好奇，難道用翻譯的方式學習真的不能建立英文腦區？

比如在學習像「How are you?」這樣的句子時，我們大都是用傳統翻譯的方式學，也就是說，剛開始學的時候我們都把這句英文掛在中文腦區，但是隨著我們不斷重複說之後，當有人問你「How are you?」時，你變得完全不需要將句子翻成中文，就能立即回答「I am fine.」、「Good.」，或者任何當時能表達你情況的語詞。若你不需要經過翻譯思考，就代表這句英文已經建立在英文語區裡。

所以雖然有些人是用翻譯的方式學習，但是經由反覆不斷練習，有些詞語在使用時完全不會想到中文的意思，就表示這些字確實已另開新檔，存到英文腦區了。然而，以此種方式存到英文腦區的語言量，絕對比不上一開始就將所有字句存在英文腦區囉！

第2步：培養用英文思考的習慣

　　戒掉用翻譯的方式學習英文後，下一步就是養成用英文思考的能力與習慣，此時老師就扮演了極重要的角色。我曾經有個插班學生因為過去長期用傳統翻譯的方式來學習英文，每次上課他總不停問：「XX單字是XX的意思嗎？」雖然我都會提醒他上課時No Chinese（不能說中文），但每次出現新單字、新句型時，他都一定要問一次，因為上課No Chinese，所以一下課他又問：「Lynn，剛才上課的strong是什麼意思？」

　　我說：「No Chinese!」

　　學生：「可是現在是下課。」

　　我又說：「和上課內容有關的就得No Chinese！剛才上課的時候，你不是已經了解strong的意思了嗎？」

　　學生：「Strong是不是強壯的？應該不會那麼簡單吧？是不是有力氣的？應該也不是？還是很重的？」他來找我都是如此自言自語。

　　因為每次他最先說的都是最正確或最接近的答案，可知他仍具有以英文思考的能力，但是卻因為信心不足，無法割捨用中文思考的習慣，反而越猜越遠。

　　因此，我建議老師在學生初學時必須以具像的單字，如 a dog、a cat、a pen、a book、blue、yellow，配合圖卡或實物教學，如此學生就不會害怕不懂意思或猜錯意思，而因為是圖像，這個字就能不透過中文建立在英文腦區中。再來就可以教些像是father、mother、brother、sister這類關於稱謂的單字，這些字不如實物具像，但也不至於太抽象。之後再來學uncle、aunt時，我們可以告訴學生：「Your father's

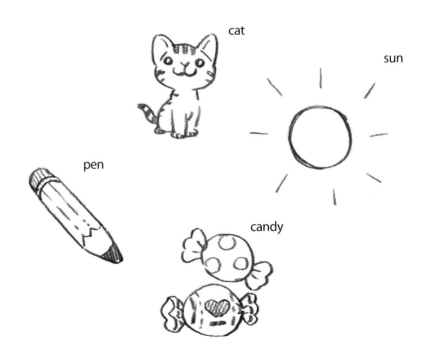

brothers are your uncles. Your mother's brothers are your uncles, too. （你父親的兄弟是你的uncle。你母親的兄弟也是你的uncle。）」再來：「Your father's sisters' husbands and your mother's sisters' husbands are your uncles, too. （你父親的姊妹的丈夫，你母親的姊妹的丈夫也是你的uncle。）」這時，他們就已經是用英文在做思考，再搭配家人關係圖表，就更加一目瞭然。

　　所以，只要逐步讓學生學會用英文思考，即使字彙越學越抽象，學生也能掌握得很好，將來他們的用字就能很精準。

龔老師心語

沒有想到 No Chinese 背後，是如此用心良苦的吧！

Chapter 11
母語學習法

你是否想過，不管我們的家庭背景、社會地位、宗教信仰、教育程度等外在條件如何，我們都會說中文。儘管我們可能中文造詣較差，或是對中文缺乏興趣，因此讀寫能力不是很好，但是基本溝通大致都不成問題。

舉例來說，我們看看周遭任何小學一年級的孩子，不管他是資優班還是資源班，和人的基本溝通都沒有問題。只是資優班的孩子在閱讀和寫作的學習能力可能更好一些，但是在說國語方面則不會有太大的差距。

另一方面，很多學校和補習班都有很好的語言教學硬體設備，但是為什麼很多人學了很久的英文，想要學到具有基本溝通能力卻不容易？這是不合理的。如果任何人學母語都可以達到基本溝通能力，同理可證，我們以學習母語的方式去學一個新的語言，要達到基本溝通能力，應該是沒有問題。

🦆 什麼是母語學習法？

所謂的母語學習法，說穿了其實很簡單。我們先觀察嬰

兒學說話的過程。寶寶出生後，爸爸媽媽或其他家人不管他聽不聽得懂，就一直跟他說話。寶寶的周遭隨時都充斥著母語的聲音：在家時，父母或家人說話的聲音、電視的聲音，或出外時，路人的聲音、公共場所的聲音，就連睡覺時，也持續曝露在母語的聲音裡。

　　家人持續對寶寶說話直到有一天寶寶開口叫媽媽，慢慢的會說一些簡短的字詞，到有一天突然會說完整句子或長一點的句子時，就開始說個不停。這時做父母的往往會很驚訝，小孩子究竟是什麼時候學會這些句子。這是因為，在他還沒開口之前，他一直在聽、一直在吸收，到他開始講的時候，劈哩啪啦就說出話來。

　　嬰兒學說話的過程大約可以分為 3 個時期，第一是傾聽期，第二是發展期，第三是發音期，所以幼兒在開始說話之前，先經歷不斷聽的過程，之後才開始去了解這些聲音所代表的意義並做連結，最後才開始說話。在許多語言發展的研究報告中，均指出語言是孩子與生俱來的能力。既是如此，我們怎能浪費這麼好的能力，不以學習母語的方式來學習其他外語呢？

🦆 學語言，不用翻譯

20多年前Jim開始教英文的時候，因為教得很好，有次有個班主任問他：「你中文學多久了？你英文教得這麼好，中文一定很棒！」當他回答他不會說中文時，那個班主任非常驚訝，不敢相信他不會說中文居然也能教學生英文！Jim就回答：「My mother doesn't speak Chinese, but my mother taught me English.（我媽媽也不會說中文，但她教會我英文。）」

我當下只覺得他的回答很無厘頭，覺得他是在開玩笑，但是Jim堅持他是很認真在回答班主任的問題。其實Jim說的沒錯，他的英文是他父母教的，他父母用英文教他英文，用英文的邏輯思考方式、英文的文化去教他英文，所以他的英文學得很好。

每個媽媽都能把孩子的母語教得很好，我們真的不需要透過翻譯的方式來學語言，用英語教英語的方式，其實才是最能讓學生學好英文的方式。

龔老師心語

用學母語的方式來學英文，才是學好英文的最佳方法！

Chapter 12
全美語教學法

　　我在《敦煌英語教學雜誌》1997年元月號發表〈用英語教英語〉這篇文章裡，提出「全美語」（No Chinese）教學的概念時，有許多老師對此教學法抱持質疑的態度，因為他們擔心上課完全不說中文，學生沒辦法聽懂。他們會有這樣的擔心，是因為他們不知道此種上課方式的教學技巧。

　　然而，此概念一出，一時蔚為風尚，許多補習班紛紛以全美語教學為號召來招生。但坊間的美語老師對「全美語」的認知其實都不夠正確，他們以為「全美語」就是進了教室只說英文，也深信只要老師一直說，學生就會懂。

Native Speakers' Disease 母語病

　　我的啟蒙老師Jim過去的2個經驗，正好可以解釋這樣的誤解。

　　Jim的中文不好，有一次他的摩托車壞了，到摩托車店去修理車子。車店老闆要向他解釋他車子的狀況，發現講了半天他聽不懂，還是很有耐心的不斷重複同樣的句子，但是

他還是只能回答聽不懂。於是老闆又刻意放慢說話速度，他還是聽不懂，於是老闆扯開嗓門大聲說，Jim還是聽不懂，最後老闆還拿出紙筆寫給他看，他當然更看不懂。我們不要覺得老闆奇怪，這其實是很正常的反應，因為我們在潛意識裡會認為所有人都和我們說同一個語言，對方之所以聽不懂，是因為他聽不到或有其他原因。

Jim有個天生瘖啞的弟弟，因此他母親是透過手語和他弟弟溝通。有一次我和他母親聊天時，剛好有個字聽不懂，她立即改用手語示意，事後她也覺得自己的反應很可笑。Jim的母親是高級知識份子，也知道我不懂美國手語，但她說只要碰到對方有聽不懂的狀況，她就會直覺性的想用手語做解釋。

從上述的2個例子可知，我們在潛意識裡總相信自己使用的語言是很容易懂的。這也是全美語一直讓人詬病的地方，所以要使用全美語的方式去教好或學好英文需要技巧，需要對語言的邏輯有所理解。

全美語教學的困難之處

但為什麼媽媽可以不管孩子聽不聽得懂，就一直和他說話，有一天孩子就懂了，全美語補習班卻做不到？

　　首先，我們並非24小時處在英文的環境中，能接受的英文刺激實在有限。試想，如果我們想讓孩子學到5歲外國小孩的英文程度，得花上多少年的時間？假設這個5歲外國小孩1天扣掉一半的睡眠時間，那麼他1年365天，從0到5歲沉浸在英文環境的時間就有21,900小時。如果我們的孩子1週只上2次課，1次2小時，1年上課以50週來計算的話，每年只有200小時的時間處在英文的環境中。

　　以此推算，我們的孩子若要跟上外國孩子5歲的英文程度，得花上109.5年的時間！所以使用全美語教學法的老師不能只是一味的說英文，教學時亦必須謹慎選擇用語與教法，並塑造情境，讓學生對教學內容有感覺，能聽懂，能互動，才能幫助學生在最短的時間內達到學習效果。

　　此外，母親和孩子的對話通常都是有情境的。例如孩子肚子餓時為了讓媽媽給他奶喝，會對媽媽說「吃ㄋㄟ-ㄋㄟ」，或是要媽媽抱就會說「要抱抱」。但在教學時，並非每個英文老師都懂得塑造讓學生開口說話的情境，只是一味對著學生說英文，學生當然會聽不懂。這也是為什麼有時家長突然對孩子說「英文學了這麼久，說兩句來聽聽」，孩子會說不出來的原因。因為沒有情境，就要孩子隨便說兩句是很難的。

真正的全美語教學

因此，我所主張的全美語教學，是指採用受過完整訓練的老師，循序漸進從簡單具象的單字教起，慢慢帶入簡單句型，以生動活潑的肢體動作及豐富的輔助教具，讓孩子在輕鬆愉快且無壓力的環境中，自然而然的建構出英文腦區，使孩子們能以英語的思考模式開口說英文。

我們為孩子們打造的不只是全美語的上課環境，更是一點一滴系統化的教學。所以，孩子們在課堂中可以完全進入狀況，了解並投入上課的內容及情境，並且把所謂的文法直接反映在聽、說、讀、寫上，以英語的思考模式表達出正確的文字或句型。

在全美語的課堂中，學生也會變得更為積極。例如，當老師問學生「How are you?」，學生的答案絕對不只是「I am fine, thank you. And you?」這類制式的回應，而會是更多元、更能表達個人真實狀態的回應，如：「I am good.（我很好。）」、「I am terrible.（我很糟。）」、「I am sick.（我病了。）」、「I am wonderful.（棒透了。）」、「I am tired.（我很累）」……。

另外，不是只有師生間才會有對話，同學之間也會有

所互動。比如老師可能會問 Danny：「What animals does Tina like?（Tina喜歡什麼動物？）」Danny不知道答案，所以他得去問Tina，然後再告訴老師。或者學生有時也會做角色扮演，一個當店員，一個當顧客，練習詢問商品或殺價等。或者，你也會在課堂外聽見學生互相詢問：「What is your telephone number?（你的電話號碼幾號？）」有的學生甚至會故意回答：「I don't want to tell you.（我不想告訴你。）」

使用全美語教學的老師也要有能力在學生不知該如何表達或表達有問題時，聽出學生想要表達的意思，並協助學生做出正確的回應。例如老師問Sam：「What sports do you like?（你喜歡什麼運動？）」因為Sam並不喜歡運動，所以他可能會回答「No sports」或「I no like sports.」，這時老師就要提醒學生正確的說法是「I don't like sports.（我不喜歡運動）」。

比起一般的教學法，真正的全美語教學法在實踐上的困難度較高，且需要更多的技巧，但在教學效率及學生的回饋上，卻能讓每位老師備感窩心。

84

龔老師心語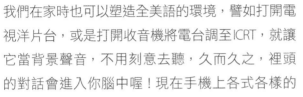

我們在家時也可以塑造全美語的環境，譬如打開電視洋片台，或是打開收音機將電台調至ICRT，就讓它當背景聲音，不用刻意去聽，久而久之，裡頭的對話會進入你腦中喔！現在手機上各式各樣的app，讓我們更容易塑造全美語的環境。

Chapter 13
全美語教學的語言邏輯

　　1997年時，師德教師聯誼會邀請我到全台各地做教學技巧觀摩演講，示範如何用英語教英語。演講中常有老師提到他們很認同 No Chinese 教學，但在實施上一直有諸多障礙，因為有些單字或文法若不用中文解釋，很難讓學生理解。這個問題也有不少資深講師問過我，但他們會有這樣的困擾，是因為他們不知道語言的邏輯。

老師需先理解學生的感受

　　我在面試老師時，常問老師一個問題：「如果你今天要上初級班的第一堂課，學生連26個字母都不會，而你又不能說中文，你會怎麼教？」許多老師都會說使用圖卡，但是他們完全沒注意到他們為了教那些圖卡，常不小心用了太過複雜的句子，反而導致學生聽不懂。諸如：「Hello, boys and girls. Today is a happy day. We are going to learn some animals. This is a dog. Can you say a dog?（各位同學好。今天好高興，我們要來學一些動物的字彙。這是一隻狗，你

會不會說一隻狗？）」試想學生才上第一堂課，他能夠聽懂這一串話嗎？

　　基於此點，我在訓練新老師時一開始也會故意說一堆韓文，讓老師體會當他說著學生聽不懂的語言時，學生會有怎樣的感受。接著我會再用正確的教學方式做對照，讓老師們了解在正確的教學方式之下，學生又是如何能吸收。

用理工的方式教英文

　　其實單字的部分很簡單，你只要拿卡片、拿實物，動作誇張一些，不要多說學生沒學過的單字或句子即可。但教句子就沒那麼容易了。你如何不用中文解釋，還能讓學生理解句子的架構及意思？很多老師也會回答就是一直講，但一直講學生就聽懂了嗎？

　　所以，我的理工頭腦、邏輯能力在此時便派上用場。在規劃教案時，我會小心將單字與文法以邏輯架構層層堆疊起來。例如，今天學：「What do you have? I have a dog.（你有什麼？我有一隻狗。）」明天可以換成：「I have a pen. I have a book.（我有一枝筆。我有一本書。）」再下一次上課則增加成：「How many fingers do you have?（你有幾隻手指？）」，或是「How many brothers do you have?（你有幾

個兄弟？）」。

藉由此種具邏輯性、逐次略增新單字或文法的教法，學生自然不會覺得有負擔，也不會覺得自己正在上課。

坊間教材常見的問題

豐橋美語的外籍老師目睹此種教學方式的神奇效果，都希望我用這個方法教他們中文。但剛開始教他們時，我尚未搞懂中文的邏輯架構，因此會偏向以主題去教，比如上餐館、購物時有哪些情境用語。在教句子時，也是今天教「你要去哪裡？我要去銀行。」，明天教「你喜歡吃什麼？我喜歡吃漢堡。」，完全不知道要如何將句子有邏輯的堆疊起來。

這經驗讓我更清楚感受到，當你在使用母語時，反而不知道自己母語的邏輯架構。且因為我還無法掌握句子的來龍去脈，教學起來也變得很不順暢、不連貫，這也正是坊間一般英文教材最常見的問題。

坊間教材多以主題單元的方式來做切割，比如第一課的主題是關於家人，第二課是旅遊主題，課文中當然就是和旅遊相關的單字跟句型，但因為內容編排不是層層堆疊，就會出現無法不用中文解釋的情況。或是，可能第一課教現在式，第二課又變成教過去式，第三課又變成教現在進行式。

這樣的安排，難度忽高忽低，沒有考慮到語言的邏輯性，學生覺得很難學，老師也會覺得很難教。

　　學習語言應該要拾級而上，學生才會在無形之中慢慢進步，才不會覺得吸收上有窒礙。然而，許多編教材者沒有考慮到語言的邏輯性，編出了前後不相關的課程，有些甚至依照句型的重要性來設計情境與對話。此種混亂的課程安排方式，正是讓眾多人覺得學英文很痛苦的原因之一。

邏輯的堆疊

　　但什麼是邏輯的堆疊？舉例說，如果老師今天教到職業，當然單字就是職業名稱，如：doctor、nurse、teacher、police officer。而句子，不外乎：「What are you?」、「What is he/she?」、「What do you do?」、「What does he/she do?」、「What do you want to be?」。至於「to be」要如何去解釋，似乎沒有中文就不行了。所以這時就需要用到邏輯架構來教學了。

　　以我們的教學法，在教到 to be 這個文法前，必須先讓學生學會更基本的文法。比如，我們會在第一次上課時教 4 種動物、4 種顏色：a dog、a cat、a pig、a monkey、red、blue、yellow、green。在教這些單字時，老師會搭配圖卡，

所以學生絕對不會不知道意思，而我們也會要求老師上課不能用學生沒學過的字，任何沒學過的字都必須先教過才可以說。所以老師必須經過完整的訓練，也必須完全掌握學生所知道的字彙。

學生學會這些單字後，老師便開始教句子，如「It is a dog.」、「It is a pig.」。等學生熟悉這個句型後，再教到問題「What is it?」，讓學生重新複習剛才的「it is」句型。當學生學到職業時，也同樣用上頭畫有各種職業人員的單字圖卡教學，如a teacher、a doctor、a nurse。學生熟悉這些單字後，老師開始搭配「He is a doctor. She is a teacher.」這樣的句型。最後再搭配問句，由「What is it?」變成「What is he/she?」。

再來，我們配合學過的單字，如動物、玩具、文具、或食物等教want句型，如「I want a dog.」、「I want a pen.」、「I want a hamburger.」。之後我們教eat這個動詞，搭配學過的食物，造出如「I want to eat a hamburger.」的句子。最後再將之前學過的職業搬出來，造出「I want to be a teacher.」、「I want to be a doctor.」的句子。新的東西逐步加到舊的內容上，讓學生在很自然的情況下，學到越來越複雜的句子。

句型的整個演變過程由：

A: What is it? B: It is a dog.（A：那是什麼？B：那是一隻狗。）

↓

A: What is he? B: He is a teacher.（A：他的職業是什麼？B：他是老師。）

↓

A: What do you want? B: I want a pen.（A：你想要什麼？B：我想要一枝筆。）

↓

A: What do you want to eat? B: I want to eat a hamburger.（A：你想吃什麼？B：我想吃漢堡。）

↓

A: What do you want to be? B: I want to be a teacher.（A：你想當什麼？B：我想當老師。）

所有句型架構都是這樣層層堆疊，所以到後來的完成式、關係子句，學生都能正確使用，卻不覺得他們是在學文法。曾經有補習班希望買我們的教案，因為他們認為只要有

了這一套以邏輯堆疊出句型的教案，No Chinese的教學就沒有問題了。

🦆 介系詞很難嗎？

很多人都說，學英文最難的就是介系詞，因為它沒有道理，只能死背，其實不盡然。我的數學很強，但是我不背數學公式，因為它是有跡可尋的，只要你清楚原理，就不需要死背。同樣的，語言的發展也不是憑空而來，它是邏輯的產物，是依循文化、背景、思想，逐漸衍生出來的。

舉例而言，in、on、at其實是非常簡單的東西，但是我們在學習上非常痛苦，背了一大堆，加了這個，加了那個，意思又不一樣，背了一大堆，考試出來還是常常搞錯或忘記。當你懂得英文的邏輯以後，只要不用中文思考就沒有問題。

比如，有枝筆放在我手上，這樣就是on，握在手裡就是in。又，我站桌子旁，我既不是on也不是in，因為我沒有站在上面，也in不進去，所以是「I'm at the table.」另外家裡有很多房間，不管在臥室、浴室，或哪個房間，都是in the room、in the restroom、in the living room、in the kitchen。空間的感覺很清楚，我們是in在裡面的，不可能

是on。而我在家裡不一定在哪一個房間，所以不是in、也不是on，而是「I'm at home.」。學校也是如此，我在教室裡，很清楚是in的感覺，但是學校裡有這麼多教室、實驗室，我在學校裡，但不一定在哪一間教室裡，所以是「I'm at school.」。

in the corner　　　　　　　　at the corner

　　再舉一個例子，比如我站在角落裡，這樣絕對是「I'm in the corner.」。如果是站在角落凸出來的柱子上，就是「I'm on the corner.」。如果我是站在街角的轉角上，就是「I'm on the corner.」，街角那麼大我不一定正好站在轉角，而是在附近，就是「I'm at the corner.」。譬如一把椅子，坐外面一點，是「I'm on the chair.」；坐裡面一點，感覺被椅子包

著，就是「I'm in the chair.」。同樣的，我睡床上，是「I'm on the bed.」，如果生病或睡覺時身體整個包在棉被裡，就是 in bed。

　　所以，介系詞也不需要死背，你只要對這個字有感覺，並且用母語的態度去思考，關掉中文腦區，就能一通百通。

 龔老師心語

學英文就像蓋房子，一層一層疊起來，房子才會穩固。如果只是東學一句、西學一句，就好像蓋房子東蓋一點，西蓋一點，永遠不會牢靠。

Part 4

學好英文的10大心法

Chapter 14
心法1：用英文思考

在上一篇中，我們解釋了英文腦區的概念，而英文腦區的大小對我們學好英文占有舉足輕重的地位。要鞏固英文腦區，最重要的步驟就是學會用英文思考。

所以，我們來看看不用英語思考英語會造成哪些問題，我們又該如何培養用英語思考的能力。

🦆 是 He 還是 She？

我有位學生家長是高中名校的英文老師，有一次他在我們家長座談會裡提到：「我是英文老師，但是我在跟外國人聊天提到某人的時候，會一下子說he，一下子說she，弄得對方搞不清楚我究竟在講幾個人。可是我4歲的女兒在這裡上課，就從來不會說錯。」

會有這樣的差別，關鍵就在於兩人是從不同的腦區捉取「他」這個字。很明顯的，這個英文老師是將he跟she兩個字掛在他中文腦區裡的「他」旁邊（he－他－she），因此他在講到「他」的時候，才會無法控制的一下講he、一下講

she。這情形在成人案例中很常見。

　　而他4歲的女兒之所以不會出錯，是因為我們上課在教he/she時，是指著男生講he，指著女生講she，並且會像唱韻文一樣，快速的亂指同學，同時說出是he還是she。所以這個老師的女兒在講話時是用英文思考，如果現在在講男生，腦中就會浮現這位男生的影像，如果是講女生，腦中就會浮現這位女生的影像。因此她年齡雖然小，學英文的時間也短，卻從不會出錯。

He

She

抓魚還是接魚？

　　我有許多學生原本在我這裡上課時英文都還不錯，反而是上了國中才漸漸出現問題，原因就出在課本或考卷中的中文翻譯。

　　有一回，我的一個學生看到一個填空題「John ＿a fish.」，結果他停筆半天寫不出來。我便問他：「這個題目應該不難才對，你應該知道答案是caught a fish呀！」結果他一臉茫然直搖頭說：「catch不是『接』嗎？這樣catch a fish不就變成『接』魚，可是這邊是『抓』魚啊。」因為學校教catch a ball 是接球，catch是接的意思，所以他就覺得這個字不能用在這個句子裡。

　　我們教catch的時候，會做出接或捉東西的動作。所以若學生若是用英文思考，對catch這個字就會有感覺。這時，不管是catch a fish或catch a ball就都不會有問題。

　　當學生清楚這個字的感覺後，我們再講到catch a cold、catch a bus時，他們就很容易可以會意了。可是當你用中文去思考，catch a ball是「接」球，但是catch a fish的解釋是「抓」魚。而catch a cold是感冒、catch a bus是趕公車，所以當學生用中文去思考，將「catch」和「接」畫上等號時，就無法解釋catch的其他用法，在中文說法都不一樣，但在英文來講感覺都是一樣的，都是抓取或得到的感覺。

　　所以用翻譯的方式學習會造成很多類似上述的問題。因為你用的是中文的語言區，而不是英文的語言區。

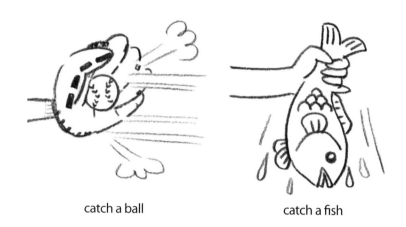

catch a ball　　　　　　　catch a fish

Will 等於 be going to？

　　為了了解從別的語言學校轉來我們這兒的學生的程度，我們都會為他們做一個簡單的口試，其中一個問題是：「What are you going to do tomorrow?（你明天要做什麼？）」這時大部分的學生都會回答「Tomorrow, I want to write my homework.（明天我要寫作業。）」，或是「Tomorrow I want to go to school.（明天我要去上學）」。我們的外國老師因為太常聽到這樣的回答，常會開玩笑說台灣的學生真是好學不倦。

　　何以台灣學生會有這個共通的問題？原因就在於中文的「要」同時具有未來 be going to 和 want 的意思。而

「Tomorrow, I want to write my homework.」這句話除了有want的問題外，還有另外2個問題：一是中文把時間放在前面，但英文是把時間放後面，另一個則是，因為我們中文都是說「寫」功課，所以才會出現「write homework」這樣的句子，但正確應該是「do homework」。

除此之外，英文的未來式是be going to，和will的意思並不相同，但是不少老師都教學生「be going to=will」。Jim以前教成人班時也常開玩笑說：「台灣的年輕人真時髦，要結婚都不用準備，也不用告知父母。」因為曾有女學生問他：「I will get married tomorrow, can you come?（我明天要結婚了，你能來參加嗎？）」Jim立刻反問：「How about your boyfriend? Does he know you are going to get married? How about a restaurant? How about your family? Does anybody know you will get married tomorrow?（你的男朋友呢？他是否知道你要結婚了？那餐廳呢？你家人呢？有人知道你明天要結婚嗎？）」

Jim會有這樣的反應，是因為她用will代表她是在跟他說話當下才做出結婚的決定，所以此處她應該說「I am going to get married tomorrow.」，表示她在說話之前，早已做好婚禮的準備。

100

徹底的中式英文 Chinglish

　　過去有陣子曾有許多唸過全美語幼稚園的小一、小二生來我們這兒詢問課程，在測試編班上給我們帶來很大的難題。這些孩子過去2、3年間有整天或半天的時間在幼稚園裡都是說英文，所以他們的聽力非常好，發音就跟外國人一樣漂亮，口語用詞也用得非常棒。然而，他們只要說稍微長一點的句子，你就會發現都是中文思考出來的句子。

　　這是因為他們在幼稚園裡雖然都和外師說英文，但是外師只透過圖卡和實物教了他們很多單字，卻不知如何教他們句子，也沒有訓練他們用英文思考。曾經有個知名的全美語幼稚園的director（美國人）告訴我，他們很會教，學生都很喜歡來上課，但是他們不會教文法，所以沒辦法教學生講完整的句子。其實這不是文法的問題，只是他們不知道語言有它的邏輯性罷了。

　　所以這些孩子常會說出像「I today have eat breakfast.」的句子。句子裡會出現have，並不是因為他們使用了完成式的句型，而是中文的過去式是用「有」來表達，他是直接將「我今天有吃早餐」這個句子化作英文。他們也常會說出類似「My mother not like drink tea.」（正確說法應是：My mother doesn't like to drink tea.〔我媽媽不喜歡喝茶。〕），以及「He very like play.」（正確說法應是：He likes to play very much.〔他很喜歡玩。〕）這類的句子。

許多父母也曾向我反應，他們其實也發現他們的孩子有這樣的問題，只是不知如何解決。他們提到雖然孩子白天在全美語幼稚園上課，但是他們說英文時仍是用中文做思考。因為除了在家會說中文外，在幼稚園時仍是由說中文的老師管理他們的生活。

徹底的英式中文 Engnese

由上述例子可知，學英文時用中文思考會講出很奇怪的句子，是因為受到母語語言規則及文化影響。然而，並非只有我們學英文時才會產生這類問題，任何人學外語時，只要以母語思考，都會發生類似的情況。

看看以下外國人在練習打招呼時用英文思考說出的中文，會讓我們對用母語思考造成的影響更有感覺。

A：你好嗎？

B：我是好。（因為「I am fine.」中的am，對外國人而言是「是」的意思。）

　　這個對話除了不符中文邏輯外，也不符合我們平常打招呼的習慣，因為平時我們並不會問對方「你好嗎？」，大部分只會互道「你好」。

　　此外，外國人常會說出像是「我高」或「我是高」的中文，但我們說中文不是這麼說，是說「我很高」。

　　過去Jim也曾問過我：「What does『意思』mean?」我回答他意思代表meaning，他聽了之後自言自語了老半天，還是搞不懂。我問他：「What's going on?（怎麼了？）」他說：「I went to McDonald's. I ordered something but they said something I don't understand and then they said "不好意思." So "不" is "no," right? "好" is "good," right? So what does "no good meaning" mean?」

　　原來是那天他去麥當勞，點了餐，但服務生說了一些他聽不懂的話，之後又說了一句「不好意思」。他知道「不」是no，「好」是good，所以只問我那「意思」兩個字代表什麼，我當然回答他「meaning」。但No good meaning湊在一起的意思很奇怪，跟「不好意思」完全是兩回事。

　　上述例子都是因為我們學語言時，沒有用中文去思考中文，或用英文去思考英文，所產生的障礙。

如何培養用英文思考的能力

所以，如何將「用英文思考英文」的能力培養起來，對我們能否說出道地英文的影響甚鉅。偶爾，會有學生來問我：「Lynn，＊＊的英文怎麼說？」我都會回答「No Chinese」，要他們用英文提問。他們總會抱怨現在又不是上課時間。因為他們不了解我這麼做，都是為了幫他們建立腦區。

碰到此種狀況時，我都會告訴他們：「你想辦法用英文問我，我就告訴你。」這時大部分的學生都會走到白板前畫出他們想表達的東西，若是他們想說的是比較抽象的事物，他們也會想盡辦法描述他們的問題。因為他們不能說中文，就等於他們一定得用英文思考。

例如有個小朋友想跟外師說他去動物園看到無尾熊，但他不會說「無尾熊」這個字，就跑來問我。我要求他No Chinese，他就跑到白板前畫出一隻可愛的無尾熊，然後問我：「What is it?」我說：「It is a koala!」

再舉一個例子，曾經有小朋友問我「浪費」的英文，但這個語詞太抽象，他無法用畫圖來表現，因此他轉用這樣的方式來描述：「Johnny didn't finish his lunch. He put everything into the garbage can. This is very bad. I want to say Johnny blah blah food. What is blah blah?（強尼沒吃完他的午餐。他把所有東西都丟進垃圾筒了。這樣做很糟糕。我想說強尼XX食物。XX是什麼字呢？）」這時，我就能告訴他：「Waste. Johnny wasted food.」

　　學生用此種方式提問，不僅能完全用英語思考，也能將問題表達得很清楚，我給他的答案也才不會有誤差。學生雖然無法用完整的英文表達，但他們並沒有用中文思考，而是遊走在英文語區裡，用他們有限的字彙表達自己的想法。2、3歲的孩子或3、4歲的孩子何嘗不也是這樣將想法表達給大人，或是用這樣的方式問問題、學習呢？

　　因此，想學習用英文思考，第一，必須先關掉中文腦，和英文有關的學習就只用英文，而這當然需要學校或家裡（如果是自學）配合。第二，適時引導學生搭配肢體語言及圖畫等技能去表達。第三，閱讀適當的圖書或觀賞影片，加強英文腦區的運作。

龔老師心語

學會用英語思考，就不會説出或寫出怪怪的英文了。

Chapter 15
心法2：圖像連結記憶法

　　我還記得以前當學生時，背英文單字的方法就是一直反覆寫，直到背下來為止。你可能也聽過許多專家學者強調背單字越多越好，有些人甚至刻意去背一本又一本的字典。但字背得再多，若沒有用到，最終還是會遺忘，不然就是要用的時候抓取不出來。所以，重點不在強背死記，而是怎麼記。我先前提過多讀圖畫字典有助建立英文腦，而這也是除了閱讀之外，增加字彙最好、最快的方法。

利用圖像幫助記憶

　　過去有個班主任在參觀過我們的教學後，發現圖卡實在好用，回去後也大量製作圖卡使用，結果他發現過去教學生單字教半天，學生都記不大起來，但一用圖卡之後，情況大為改善。而且使用圖卡不只老師好教，更能讓學生印象深刻。

　　過去我們補習班的櫃台還曾質疑過我：「你是資深老師為什麼一定要用圖卡？難道你不用圖卡，學生就會聽不懂嗎？」其實圖卡除了可以加深學生印象，讓他們更容易記

牢，而老師更可以運用圖卡做各種活動。你當然可以不用圖卡教懂學生，但更重要的是，怎麼樣才能讓他記得住、會運用。

　　如果你是自學，我建議可以去書店找一些英語圖畫字典。第一，因為有圖案的字典看來較賞心悅目，沒有讀書的感覺，而且會吸引人一直想看下去。第二，圖像較容易烙印在腦海中，和純粹用中英文對照的方式來背單字完全不同。第三，這些圖像不需透過中文，能直接印在你的英文腦區中。就像之前提到的he/she問題，當小朋友講到某人時，因為腦中印記著這個人的影像，就不會有性別錯置的問題。所以同樣的，當某個東西的影像印記在我們腦中時，我們要講時就能夠直接捉取。

　　所以運用圖畫字典是在我們英文語區建立單字庫的最好方法。

龔老師心語

以圖像取代文字來認識、記憶新的單字，對左右腦的運用是加分的，是能讓我們更快速、更大量記憶、更輕鬆學習的方法。

Chapter 16
心法3：聽説讀寫，循序漸進

　　現代父母望子成龍、望女成鳳，在孩子小學尚未打好聽説基礎時，就刻意要孩子加強讀寫能力，無異是揠苗助長。學語言一定要聽説讀寫，循序漸進。先學了讀寫，聽説的技能就會被掩蓋，要回過來增進聽説能力通常難上加難。這就是為什麼許多人讀寫能力很強，卻沒有辦法聽和説。

本末倒置的學習方式

　　想想我們從出生到進入小學前，語言學習重點是放在聽和説，進入小學後才開始加強認字閱讀，等到認識的字累積到一定程度，才開始加強寫作能力。我們在進入小學一年級時，書本上讀到的每個字，我們都一定都會聽會説，絕不會書上出現的字句，我們連聽都沒聽過。

　　可是我們常聽到家長在為家中的孩子選擇語言教材或等級時，會説這個教材裡的句子他都會了，有沒有都是新句子的教材？可是我們在小學上國語課時，有哪本課本裡的句子是你不會説的？但是何以我們學外語時要對孩子如此嚴苛？

我常看到私立小學的英文課本內容都太過艱深，就連我們的外籍老師們都說，他們在同年齡時，英文考試也沒那麼難。

我也曾看過孩子學校的作業簿，在英文單字旁要寫上中文，但是因為他根本還不會寫那個中文字只能寫上注音，但是他連注音也拼錯了，因此還被老師糾正。想想老師都沒要求孩子會那些中文字了，孩子又為何非得會那些過於艱深的英文單字呢？

🦆 給孩子思考的空間

所以我們在規劃教案時，每個等級都會分別有聽說字彙，以及讀寫字彙。也就是說，我們會先以圖卡讓學生學會聽說字彙。這些字不會在課本上以文字出現，而課本上他們所見到的文字，都在1個等級以前就已經會聽會說了。此外，我們在聽和說的學習過程可分3階段，第一是先聽，第二能判斷老師說的字是哪張圖卡，但是還不能自己獨立說出那些字，持續練習，到第三階段可以隨意自由說出這些新學的字而不需老師協助提醒。這過程也許5分鐘，也許10分鐘，有些人則可能需要半小時、1小時。

然而，老師和家長卻常常忘了給孩子思考的空間（或成人自己學習時），沒給他們足夠的時間，就誤以為他們是不

懂或不會。殊不知,這是因為他們需要先經歷聽的階段,才能進到說的階段。同樣的,在寫作文時,許多家長也會無法了解為什麼孩子明明文法單字都學過,也看得懂某些漂亮的句子,卻寫不出好的文章來。這也是因為我們仍處在讀句子的階段,必須等到我們讀的能力再增加時,才能寫出之前看得懂卻無法寫出來的句子。

龔老師心語

遵循「聽說讀寫,循序漸進」的原則,才能確實掌握4種技能。

Chapter 17
心法4：聽多自然會説

　　我提過自己當初學英文時，下了課常跟Jim和其他同學一起去看MTV，而Jim總是要求不租中文字匣，因此第一次看MTV時，我又是陪公子看電影，完全狀況外。剛開始時，一部片子從頭到尾看下來，我完全搞不清楚劇情，只知道這是科幻片、動作片，或文藝片，痛苦極了。然而奇妙的是，我就這樣跟著看，漸漸的雖然仍聽不太懂卻大致可以猜出情節，然後慢慢的可以抓到1、2個句子，大約1年後，我再看有字幕的片子時，居然偶爾會看到翻譯錯誤之處。

　　在這之前，我感覺前面有好長一段時間自己就跟啞巴一樣，就像還不會開口說話的小孩子，到我開始會講時，我深刻的體會到小孩子剛開口說話的感覺，霹哩啪啦一直講，我也不知道那些字彙、句型是從哪裡冒出來的，只是在和外國人的對話時，這些語詞就很自然的出來了。我剛開始沒有什麼信心，還問他們：「Am I right? Am I using the right words?（我說對了嗎？我用的字對嗎？）」他們都說：「You use words very, very well!（你用的字非常非常精準！）」這都

是因為我之前看了許多影片，無形之中累積下來的緣故。

聽：多看影集

很多大人問我英文如何自學、如何能快速進步，我總會建議他們看不附中文字幕的英文片，但多數人都會說這樣怎麼看得懂，或者回去試沒多久就放棄了。

記得多年前龍貓很流行時，Jim三歲的小孫女來台灣看他，我們送她龍貓的錄影帶，她好喜歡，每天必看1~2遍，看了一陣子之後，她居然會說一些簡單的日文了。

這就是大人和小孩在學習上最大的不同之處。大人總是有太多的擔心，不然就是信心不足。記得我在小時候看卡通時（那時卡通沒有字幕），媽媽就常說：「你們這些孩子明明又聽不懂英文，怎麼都知道在演什麼？」

我的禪學老師洪啟嵩老師，他從學ABC自然發音開始，到1年後到哈佛大學及MIT演講，也是用這個方式學聽和說。而他和一般成人最大的不同處，就是決定要做的事就去做了，不像一般人想太多，所以他能成功。

聽的方法1：跟中文字幕說再見

你有沒有發現當你看電影或影集時，如果盯著字幕看，

是不是就聽不到演員們在講些什麼？這是因為人眼睛在看的時候，耳朵是關起來的。所以，強烈建議大家看DVD時，要關掉字幕。如果覺得一開始就這麼做過於挑戰，可以第一次看時先開中文字幕，第二次看時打開英文字幕，最後關掉字幕再看一遍。

聽的方法2：聽正常速度的英文

洪老師重新學習英文時，曾經邊看《哈利波特》原文小說邊聽原文CD。他說剛開始對照原文時，覺得CD唸得很快。對多數不曾和外國人交談的人而言，這片CD讀的速度的確很快，但是對外國人而言，這是正常速度。我建議他聽正常速度，因為當你習慣國內許多刻意放慢說話速度的英語聽力CD時，我們的耳朵就適應放慢的速度，再聽外國人以正常速度對話時，就會有跟不上的情況。所以一開始時，洪老師也說速度好快，跟不上CD的速度，當然就更難掌握故事的內容了。但是到第一冊快結束時，他已經能夠跟上，也能掌握故事內容。

所以我們只要願意去嘗試，開始去做以後，就會發現用學母語的方式學習外語是很有幫助的。而我們每個人都具有學母語的能力，我們都有能力把語言學到具有基本溝通的能

力。

🦆 說：製造情境

開始練習聽之後，一定要開始練習說，而最好的方法，就是試著營造說英文的情境。

你可以試著：

1. 想辦法認識外國朋友。
2. 找幾個志同道合的朋友固定聚會，聚會時只說英文。
3. 也可以只找一個朋友，規定彼此見面時只說英文，或者每天固定用英文通電話。
4. 如果實在找不到朋友，每天固定時間自言自語也可以。

曾經有一對小兄弟先後來我們這裡上課，弟弟開始上課後，就常利用在家的時間和哥哥用英文交談。哥哥雖然不會主動說英文，但也不排斥弟弟和他用英文交談。他們的媽媽說，他們有時甚至還用會英文互開玩笑。雖然弟弟懂的英文很有限，但他依舊每天不斷應用他所知的英文和哥哥聊天，鍛鍊自己的口說能力。兄弟倆經常如此練習後，說起英文都變得更自然，上課的參與度也變得更高，下課時也會主動找

外師聊天。

多年前，我們有個年紀很小的學生因為看到姊姊來上課也想來，但因為她年紀太小，所以她媽媽直到她3歲多才讓他來上課。我們一個禮拜只上2天，一次1個半鐘頭。有天她打電話來找當時教她的外國老師，講了1個鐘頭的電話。但是她才學了不到3個月，我很好奇這1個鐘頭她都跟外師講了些什麼？外師說都是上課學的東西，她這樣子就能講1個鐘頭！

說的方法1：別糾正

多年前我上一個成人班時，裡面大部分的學生都是兒童班的家長，對我們的教學理念都很了解。有一次有個新家長加入，希望我能糾正他們的每一個錯誤，因為他覺得如果我不糾正，他就不會進步。當時就有家長回應他：「語言是活的，你這樣學一句算一句，要學到什麼時候？」

其實，會話能力要進步，絕對不是靠糾正來的。我不去糾正的原因之一，是因為那個班級是初級班，如果每一句都要糾正，他就沒有一個句子能講得下去了。其二是將來出去跟外國人講話一定會有講錯的時候，所以我們需要先練「說的勇氣」。要有勇氣一直講，先求講多，再求講精。

　　我們在教新句型架構時，一定會做很多的練習，讓每位學生對新的句型能正確使用，但是大家在平時說話或自由發揮時，如果一直被糾正，是會讓人講不下去的。

　　我們再來看看小孩學說話，雖然我們會糾正他們的錯誤，但並不是每個錯誤都糾正，因為孩子在持續聽和說的過程當中會自我糾正，多說幾次之後，他就會說對了。我自己就經歷過這樣的過程，話才一出口，自己立即意識到那句話是錯誤的句子。

　　所以將自己回歸小孩學語言的情境，不要擔心說的對不對，不要擔心用字與文法，一直說就對了。

說的方法 2：盡情編故事沒關係！

　　Jim上成人班時，第一堂課會給學生的規則之一就是：「You can lie!（你可以說謊！）」為什麼呢？因為這樣我們的練習才能更自由、更海闊天空，不會局限於事實，而造成不知道該如何說，或該不該說的問題。

　　譬如，當老師問「What do you like to do in your free time?（你休閒時間喜歡做什麼？）」時，學生也許根本沒有任何休閒，但如果他不想失去練習的機會，也不希望同學認為自己太宅，就可以編故事，而不是只簡單回答一句「I don't do anything.（我沒做什麼休閒。）」或「I sleep.（我都在睡覺。）」。他可以天馬行空的說自己喜歡旅行，曾經去過哪些國家、遇到哪些事情。如此練習的機會就多了，能表達的範圍就廣了。

龔老師心語

要如何檢驗自己的聽説能力是否有進步？最簡單的方式就是將3個月或半年前看過的片子拿出來看，如果覺得聽起來不再吃力、內容掌握得更多，就代表你進步了！也可以藉由重聽自己3個月或半年前錄下自己説的英文，你一定會很驚訝自己當時説的句子怎麼會有如此多的文法錯誤！

Chapter 18
心法5：讀多自然會寫

　　回想我們的同學或朋友中作文最好的人，是不是都喜歡閱讀？許多研究報告也證實這些寫作能力強的人，閱讀能力也很強。字彙不足是我們在寫作時遇到的主要障礙，而增加字彙最好的方法就是閱讀。尤其有些字彙只會在讀寫用到，所以，要增加或學會這類的字彙，就必須要靠多閱讀。而在句子的結構上，讀寫所用的句子也和聽說不太一樣，多讀好文章會讓我們自然容易寫出優美的句子。

　　基本上在做這些閱讀時，第一個前提是，為興趣而讀，而不是為考試而讀，等到讀寫都具足某種程度時才做有目的的閱讀，例如：希望寫好商業書信，則多讀一些商業書信，想要會寫論文報告，則多看一些論文報告，想要學寫詩，則多讀一些詩。

🦆 讀：多讀小說

　　剛開始接觸英文閱讀時，一定要純為樂趣而讀，不要想著如何增進自己的英文能力，這樣閱讀時才不會給自己帶來

壓力。很少有人讀教科書能讀得津津有味，但是很多人拿起漫畫、小說便讀到廢寢忘食。而且，我們讀教科書時是逐字逐句看，而我們看漫畫和小說時不只專心，讀的速度也相對快很多，因為我們會想知道情節如何發展。所以開始練習英文閱讀時，請用你讀小說、讀漫畫的感覺與速度去挑書、讀書，等到你具備一定的閱讀能力時，再來讀一些特定要加強的書。

市面上的英文讀物林林總總，該如何挑選？基本上，我覺得有2個重點：一是挑自己有興趣的書，二是生字的比例不能太高。

讀的方法1：挑選有興趣的讀

我曾經讀一本簡單的小讀物讀了好多天，一直反覆讀同2頁，怎麼看都看不懂，覺得好挫折。後來才發現那本書講的是男生才會比較喜歡的動作片類型的故事，難怪我會看不下去。但是看《祕密花園》時，雖然書的原文非常難，但是我因為很受這本書的劇情吸引，因此能在自己英文程度還不是那麼好時就把書讀完。

在國外出版《哈利波特》第一集，台灣還沒有人知道這套書的時候，我就已經深深愛上這套書，上課時總不忘介紹

給高等級的學生看。那段時間幾乎人手一本，但有個學生看了幾頁，就說「沒興趣」、「不喜歡」而作罷。後來，我介紹他看《魔戒》的原著小說時，他讀得好高興。還有一次，我閱讀寫作班的一個學生，不論我挑什麼書總是一副興趣缺缺的模樣，直到我挑了鬼故事的書，他才愛不釋手。

所以挑你喜歡的讀，是非常重要的。只有喜歡的主題，你才會有動力看下去，也才會專心、迫不及待的想知道故事的發展。這種時候，自然讀得快，也比較不會跳到中文腦區。

讀的方法2：看得懂的字彙需占85%~95%

選書的時候，太難或太簡單的內容都不適合。我們在做師資訓練的時候，講到的第一重點就是「comprehensible input」（可理解的輸入）。也就是說，我們在教學時，如果老師教的每一句話，都是學生原本就會的，而且很熟悉的內容，這時學生當然沒有學到東西。反之，如果一句話有4個字其中有3個字學生沒學過，那當然也沒辦法學習，因為太多新的內容會造成閱讀困難。

所以我們在挑書時，不要太貪心，一下子就挑很難的。如果你一開始對自己沒什麼信心，可以挑大約95%都是認識的字，剛開始甚至可以再挑簡單一點，以建立自己的信心及

興趣。漸漸的，你可以嘗試難一點的，但還是要以自己能夠掌握文意，能貫通讀下去的書為主。這樣子的學習因為是循序漸進，而且是讀自己喜歡的書，所以有時其實進步很多，自己都不知道，而我當時就是這樣子。

讀的方法3：不要查字典

我剛開始發奮圖強要好好學英文時，也曾經買了好多課外讀物，還記得當時我很認真的查了字典，一篇文章讀下來，上頭標記了密密麻麻的中文字，幾乎看不到文章。我花了好多天的時間，才將一小篇文章的意思查完，但很不幸的，查完後仍然看不太懂，因為每個字查起來都有好多意思，也不知哪個才正確，兜來兜去還是霧煞煞，查了幾篇之後就放棄了。

或許這時你又會問，不查字典，我要如何看懂書的內容？

記得我在讀Nancy Drew這套偵探小說時（Nancy Drew一直是許多美國小女孩喜歡的讀物之一），sleuth（偵探）這個字一直反覆出現，所以不用讀完幾章，對這個字就已經熟到不行。如果你不認識某個字，而且這輩子可能用不到幾次，你大可直接跳過，當然也無需費力查字典。如果它

是常用字，那麼你看到它的機會肯定很多，所以也不用查字典，因為你多看幾次就能從前後文猜到意思。

那麼，究竟何時才該查字典？建議是當你反覆看到某個字，已經對它有感覺卻又不是很清楚時。這其實就跟我們小時候查中文字典是一樣的道理。其實增加字彙最好的方法，就是多閱讀。而且這樣子學到的字，才有感覺，才用得出來，才會成為你可使用到的字彙。

讀的方法4：不要讀太慢

為什麼不可以讀太慢？因為閱讀的速度一慢下來，我們很容易就會轉到中文腦區，開始做翻譯的動作。試想，如果我們今天讀一篇故事，一面看一面要將句子從國語翻台語，閱讀是不是變得障礙重重？我們希望自己在讀英文書時，就像我們在讀中文書一樣，心中只想著中文。一本書，寧可多看幾遍，看很快，效果遠比看一遍、看很慢，要大得多。

寫：勤寫日記

在我們做了許多的閱讀練習後，就得開始運用所讀來練習寫作。而練習寫作最好的方式就是透過寫日記！

為什麼透過寫日記的方式最好呢？因為唯有透過持之以

恆的寫，才能夠提升寫作能力。只是這裡的寫，同樣的，不要有壓力，尤其剛開始時，不要想著要如何增進自己的英文寫作能力，而是快樂的寫，將寫作當作樂趣，天馬行空的盡情表達，盡量將你想說的話與情感表達出來，至於寫得好不好或對不對，就是下一階段的事。

寫的方法1：不要查字典

很多人可能不知道，學生寫作文時如果是用中文思考而去查字典，寫出來的句子是很明顯一眼就可以看出，以下句子就是個好例子：「Maybe one day I see my fear, I can surmount it.」這個學生在寫下這個句子前，心裡肯定想著：「也許有天我看到我的恐懼時，我能克服它。」Surmount這個字是用在克服具體事物，比如征服了高山，而恐懼是抽象概念，所以此處應該用overcome。有些學生雖然說的能力很強，但是寫的時候因為速度慢，所以一不小心就跳到中文語區，此時就會冒出奇怪的字。

除了用中文想時會想查字典以外，另一個大家想要查字典的時候，就是不確定字的正確拼法時。我建議大家試著用自然發音的方法練習拼，拼錯也沒關係，反正又不是考試。這樣做的好處是，第一，當你試著運用自然發音的規則去拼

時，你對此方法的練習增加，練習愈多，效果愈好。第二，因為你嘗試過，下次閱讀遇到同一個字時就會更有感覺，就能很容易記下字的拼法了。如果今天我們沒有嘗試，就只是查字典，很可能下次還是沒有記下來，還是要查字典。

如果我們平時練就不用字典的功夫，在英文腦中搜尋最恰當的字，練習用自然發音法拼出正確的字，每天持續用5分鐘寫日記，大家考英文作文時就所向無敵了。

寫的方法2：每天5分鐘，提筆就不要停

每天只花短短的5分鐘寫日記，既不會影響功課，也不會造成負擔。也因為提筆就不停筆，實際能寫下的內容就很可觀。建議你每天寫英文日記前，先想好要寫的主題，比如當天發生過的事或虛構的故事，想定後提筆時，就當作自己是在和外籍老師或朋友做對話練習，以筆代口寫下來。

然而，因為寫的動作比說話慢，我們常常會不小心跳到中文腦區，這就是為什麼我會說提筆就不要停筆，因為這樣才夠快，才能避免用中文思考。當你用中文思考，就會有一堆語句不知該怎麼寫，而需要查字典。如果你能把寫作當成在做對話練習，不用中文想，自然就不需要查字典。

寫的方法3：盡情編故事沒關係！

前面提到的「You can lie!」原則，同樣也能運用到寫作上。當你一定要依據事實寫作時，很多內容是寫不出來的。當你可以天馬行空的寫，反而可以開發創造力。每次讀我們學生的作文時，總能感受出他們的想像力非常豐富，寫作對他們而言是很快樂的事情，不是很制式的東西。

例如我們的學生當中有一對雙胞胎姊妹，讀她們的日記永遠令人驚喜。例如，有一天妹妹寫到：「今天下午我吃了一個漢堡，但是之後卻肚子痛，原來這個漢堡是一位國王……」整篇文章是她和漢堡的有趣對話，而姊姊則寫到那天她在馬路上遇到我，我邀請她去我家，結果發現我家浴室裡有好多馬桶，而數不盡的字母由這些馬桶爬出來。每每讀到學生這樣的日記，都覺得真是一大享受，而這樣的日記是不是很有意思呢？

龔老師心語

要如何檢驗自己的讀寫能力是否有進步？最簡單的
方式就是將3個月或半年前讀過的書籍拿出來看。
如果你覺得讀起來不再吃力、內容掌握得更多，就
代表你進步了！也可以藉由重讀過去寫的日記，你
一定會很驚訝當時的句子怎麼錯誤這麼多，或是自
己當時怎麼不會拼某些字！

Chapter 19
心法6：別把英文字當中文字記

　　20多年前Jim跟他大兒子來台灣度假時，走到各地都有人問他們：「你要不要來教英文？」後來，他兒子接了一個家教課，教一位小朋友認英文單字。他當時不懂如何教學，只是用一般外面買得到，一面是圖、一面是單字的圖卡去教。第一次上課時，他認真的教了4、5種動物，下課時那個小朋友會講，也會認字了。然而到了下次上課複習時，明明字卡上的字是cat，孩子卻唸成了dog。Jim的兒子那時百思不得其解，因為對於他母語是英文的人而言，cat是絕對不可能唸成dog，因為c和d的發音明顯不同。

英文字由字母組成，中文字是圖像

　　原來這個孩子上次上課時因為記憶猶新，所以好像都認得。但事隔1週，再加上他對每個字母的音感沒有概念，因此他再看到那些字時，只知道它們講的是那4種動物，但哪個字是哪種動物就記不清楚了。會發生這樣的問題，是因為中文是方塊字，所以小朋友從小習慣認形狀，才會把英文單

字唸錯。

記得我剛開始教英文沒多久，有個小六生之前曾在別的補習班補習，來這裡後只學了一期3個月就因升國中而停上，後來升國中第一次段考，英文只考38分，所以他媽媽又把他帶來找我。媽媽說：「再怎麼說他以前也上過美語補習班，國中第一次段考為什麼考這麼差？」

我看了他的考卷，發現很多是不該錯的。以單字來說，teacher這個字對他來說應該很簡單，他卻會拼成tacher。如果學過自然發音，就會知道ea念/i/，a念/æ/，tacher和teacher兩者的發音截然不同。當時我沒想到他沒這個概念，於是要他再看一次，再背一下，再寫一次。結果這次，ea有了，c卻不見了。再寫一遍，ea變成ae。他那次大概讀了10次、寫了10遍，一下少這個字母，一下多那個字母，或字母順序顛倒，而這也是很多學生在背單字時普遍存在的問題。

也就是說，雖然他嘴巴唸著teacher，可是他眼睛看的時候並未逐字母看，因此只記得字的大致組成。這都是因為他記的時候是以中文方塊字的感覺，以形象的感覺去記，而不是對字母的音有感覺。但是如果他記英文單字是像外國人看到字的感覺就不會錯。所以，記英文單字時應該拋開中文的認字習慣，應用拼音邏輯才能避免以圖像式的視覺來接收單

字。

🦆 不背單字的祕訣：自然發音法 Phonics

　　我在教學時常提醒學生要對字有感覺，不能只是死背強記，不然永遠會是今天背、明天忘。反之，如果你在背單字時，對每個字母的基本音與如何組成有感覺，它就不會只是一個形體。譬如pig這個單字，你會知道它包含了一個母音i，前後各是一個子音，而英文幾乎是子音夾在母音前後。如果你清楚這個概念，不再把英文單字形象化，看到單字時就很容易能用這樣的方式拆解，看到任何生字都能夠唸出來，聽到任何字也都能拼出來。

　　如果你也跟我一樣討厭背誦，自然發音法Phonics會是你記憶單字時的最佳幫手，它能讓你看到任何字就唸得出來，聽到任何音就能拼得出來。

　　曾有媽媽告訴我，她女兒從在我這裡上課以來，從未見她讀英文或背單字，擔心她現在升國中會影響成績，便在女兒段考前一天對她說：「你平時不念英文就算了，明天要段考了，你至少也要讀一讀英文或背一背單字吧。」女兒乖巧的進了房間，5分鐘後又出來了。媽媽就問：「你不是進去背英文單字嗎？」女兒說：「對啊！」媽媽：「那你怎麼又出來

了？」女兒：「我看一遍就背完了呀！」

結果她女兒只花了5分鐘，英文段考就考100分。

還有一位學生，考上高中名校，功課雖然繁重，但是他堅持每週2堂的英文課一定要上，他說這是他每週很重要的身心調劑時刻。他還告訴我，同學每天要花1、2小時背單字，而他因為懂自然發音法，只要看過就能記住，光是背單字省下的時間就贏同學好多。

另一個實例是，有位家長的小兒子在豐橋上了將近1年的課，而大2歲的大兒子3年來都在另外一家美語補習班上課，但這家補習班採取的是背單字的方式。有一天，這位家長叫大兒子把美語課本拿出來複習，發現他課文單字不太會唸，也不太認得。這時小兒子卻把拿起哥哥的課本輕鬆的唸給哥哥聽。這個情形讓這位家長深刻的體會到，死背單字對孩子的語言學習沒有太大幫助，唯有循序漸進教導孩子正確使用自然發音的規則，才能有效幫助孩子在無壓力的學習中快速且穩定的成長。

看到字就會唸，聽到音就會拼

我有個朋友是數學老師，他的英文程度不錯，卻始終為發音問題困擾，主要為2方面，一是發音時有台灣腔，另一

方面是看到不認識的單字就不會唸，因此請我教他自然發音。

才上完第一次課，他就很驚訝的說：「好簡單喔！我以前不知花了多少錢，上過多少發音課，每次都聽得霧煞煞，發音始終還是帶著台灣腔。怎麼有些音我以前就是發不出來，現在卻能發出來了？」

隨著對發音規則漸漸熟悉，他已經能將所有音都發得很標準，而隨著學會的規則增加，字也愈來愈長，就連很多沒見過的字，他也都能正確唸出。於是他問我：「這真是太神奇了！以前學發音的時候，永遠都搞不清楚那麼多的規則該如何運用，但現在都不用想，看到字就會唸了，也不怕唸錯。這是為什麼呢？」

是呀！這就是我們在教自然發音跟別人最大不同處；同樣的規則，哪些先教、哪些後教、哪些一起教，都是訣竅。我教發音時就跟教文法時一樣，也是依循層層堆疊的原則。在教每一個規則時，我們挑選出來的字彙都要完全符合該規則，等教到下一個規則時，所挑選的字彙不只要符合新的規則，更要將學過的規則加以練習應用。因此字彙可以越加越長，學生在無形中對於規則的運用也更加靈活自如了！

另外，我們高級班的學生上課時也常會讀一些《Time》等國外英文雜誌或英文報紙。因為這類文章常會出現一些不

常用的字，所以我並沒有事先針對這些不常用字查字典，因此偶爾會被學生糾正生字唸法。他們和我都是第一次看到那些字，但是他們唸出音後，我馬上認同他們的唸法才對。雖然他們的自然發音是我教的，但是他們對字的感覺卻比我強，因為我畢竟是成人後才學Phonics，而他們是從小就開始學，所以他們對字會更有感覺。

　　自然發音法的2大功用，就是看到字就會唸，聽到音就能拼出來。這是2種完全不同的技能，但很多老師誤以為學生可以發得出音，就能分辨不同的音。所以我們在練習時，一定同時顧及這2種技能，再搭配活潑輕鬆的活動，讓學生的精神放鬆、舌頭放鬆，因此能發的音更廣，能聽能分辨到的音也更廣。

好的教學可以減少母語對發音的影響

　　嬰幼兒學說話時，基本上所有音都能聽到，也能發出來。大約到6歲左右，我們因為受母語影響，會逐漸聽不出或發不出母語沒有的音。所以譬如說，有些小留學生6歲以後才移民到國外念書，一路念到大學，乍聽之下他的發音講話或許很像外國人，但是仔細聽他講話還是有個腔調在，就是因為他已經受母語的影響。如果他在6歲以前都沒出國，

但是卻持續和母語是英語的人學英文，一開口說英文都會讓人以為他是在國外長大的孩子。

所以我們常對老師說，不能因為學生音發錯而生氣，因為他不是故意的，他很可能根本聽不到正確的音，或是雖然能聽出差別，卻發不出來。

每個孩子的語言發展狀況不同，有些孩子1、2歲就會講話，有些到3歲還不太會講話，還有些已經5、6歲乳音還很重，有些音發不出來，因為他仍掌握不到某些發音位置。曾經有一位幼兒班的家長，他也是英文老師，在小孩子上了一期的課之後告訴我，孩子本來國語有些音發不出來，學了英文之後反而幫助他中文的發音。成人雖受母語影響，但只要經過正確引導也能克服母語造成的盲點。

我有次帶學生去遊學時，跟學生一同住在Homestay寄宿家庭。我住的家庭有3個來自不同國家的老師，其中有個講英文腔調很重的俄籍老師。有天晚上我們吃飯聊天時，這位俄籍老師因為發音不太好，我和Homestay的媽媽完全聽不懂他在說什麼。Homestay的媽媽也是教ESL（English as a Second Language，指「英語是第二外語」）的老師，也聽不懂這位俄籍老師究竟是在講walk還是work。一般來講我們可以從上下文判斷他想表達些什麼，但那天我們完全摸不

著頭緒。

　　Homestay媽媽看到這情形，決定要教他把walk和work的音發清楚，可是教了半天他還是不會。我見狀便要她讓我試試。當時我先教al的音，手勢作向「ɔ」字型，代表嘴型要如此，然後再教ir的音（wor），並伸出食指轉動，代表舌頭如何轉動。母音發清楚了，前後再加上子音就容易多了。

　　由此可知光靠嘴形就要學生模仿老師的發音是很難的，因此我利用手勢將2個音的特性表達出來，讓學生看到發音的重點。　那位Homestay媽媽看到我只花1分鐘就讓俄籍老師清楚發出2個字的音，驚訝的睜大眼睛，直說這一招她要學起來，將來上ESL課時可以用。

人放鬆，發音自然標準

　　年齡愈小，愈能說出一口漂亮的英文，但如果你已經錯過語言學習黃金期，發音定型了怎麼辦？

　　我們補習班有位現在就讀大學的工讀生Cherry，在今年暑假時參加了我的發音班。因為她已經是成人，上課後雖然發音有進步，但比較難有大幅調整，畢竟有些發音已受到母語影響，較難發得出來。她在上了1個多月的發音課後（一

週3次，一次1.5小時），參加我帶領的3天2夜專注力開發體驗營，3天的課程搭配各種活動，讓年輕的孩子學會放鬆、學會專注。一般人一專注就緊張，在這3天的活動中，許多孩子學會如何既專注又放鬆，這使得他們回到學校後，功課進步很多。

　　Cherry在上完3天課程回來第一次上Phonics發音課時，每個字的發音竟都變得很漂亮，讓我大吃一驚。我先前還覺得她小時候也學過兒童美語，而且年齡也還算輕，怎麼發音會這麼難發得漂亮？下課時我告訴她，她的發音突然變好了。她說她也有感覺，她說以前上課時會覺得有些音卡卡的發不出來，但是也不知如何改變，可是上完專注力課程後，發音自然就變得很輕鬆，也能發得很漂亮。因為她是成人，所以可以知道自己前後的舌頭真的感覺不一樣了。但她會有這樣的改變，並不是因為她特別訓練了舌頭，而是因為她整個人放鬆了。

　　而我開始教洪老師英文時，他的台灣腔也很重，但是隨著Phonics自然發音的進度，他的每個音都發得非常漂亮。我當時告訴洪老師，以他的年齡居然可以發得如此標準。他告訴我，那是因為他的舌根放鬆，所以可以發出一般成人無法發的音。

　　而我們的學生發音能比其他學生標準，就是因為我們上課時沒有給他們任何壓力，上課時也都是藉由遊戲讓學生知道發音位置，他們自然能輕鬆的把音發出來。當你心情輕鬆、沒有學習壓力時，自然就會放鬆；相反的，如果你擔心發音不正確，咬文嚼字很緊張的學，反而發不出漂亮的音來。

舌頭放鬆法

　　如果你不是從小跟著外國人學英文，又不像洪老師有數十年禪定放鬆的基礎，又不能像 Cherry 去參加專注力開發體驗營，我們要如何打破受母語侷限，發出接近英語母語者的音？這裡我們特別規劃舌頭放鬆法，讓我們在說英文前來段舌頭放鬆法，舌頭放鬆後能夠幫助我們把原本不會的音或唸不標準的音發出來。

　　方法 1：成語「舌粲蓮花」是指一個人的口才很好，能言善道。我們現在一起來觀想，先想清楚蓮花的樣子，挑一個你最喜歡的顏色的蓮花，白色、黃色、紅色、藍色或紫色的蓮花，它從含苞待放，到花瓣慢慢的開了。現在想像你的舌頭由舌根開始變成了這朵蓮花，它的花苞慢慢的開了，花瓣一片一片、一層一層的綻放開了。慢慢的，你看到了花蕊，整朵蓮花開得非常漂亮，非常吸引人，甚至香氣四溢。

如果你觀想得正確，你會覺得你的唾液突然變多了，舌頭變柔軟了。這時再試試你平時發不太出來的音，是不是比以前更輕鬆就能唸出來，而且更標準、更漂亮了呢？

　　方法2：麥芽糖很多小孩都喜歡吃，讓我們回憶一下吃麥芽糖時的感覺，是不是好Q好甜，好有彈性？現在想像我們的舌頭，由舌根開始變成了麥芽糖，整個舌頭變成帶有金黃色澤的麥芽糖，又軟又滑，還帶著甜甜的香氣，要怎麼延展就能怎麼延展，要拉多長就能拉多長，要拉多細就能拉多細，要拉多寬就能拉多寬。想著想著，你的舌頭都變甜了，唾液也增加了，變甜了。這時找個你以前發不出來或不標準的音試試，是不是不一樣了？

龔老師心語 ✏

現在試著發以下幾字的音：shirt/short，walk/work，或warm/worm。你的發音是不是變漂亮了？！

Chapter 20
心法 7：將文法變習慣

　　曾經有學生對 Jim 說：「我英文學很久，文法也學了很多，可英文總還是不行。你能不能教我文法？」

　　Jim 反問：「你的中文好嗎？」

　　對方回答：「當然，我的中文很好呀！」Jim 又問：「那你的中文文法呢？」

　　對母語是中文的人而言，這個問題顯得很無厘頭。所以學生當然說：「中文哪有什麼文法？」

　　Jim 就說：「這不是很奇怪嗎？你的中文很好，你卻不懂中文文法。可是你讀了很多英文文法，英文卻還是不好！看起來懂不懂文法和語言學得好不好，似乎沒有關係。」

🦆 養成習慣，要錯都難

　　又有一次，Jim 在上成人班的課時問一位學生：「What did you do today?（你今天做了什麼？）」

　　學生答：「I go to work.（我去工作了。）」

　　Jim 問他知不知道過去式，他說他當然知道。Jim 又問：

「那你知不知道go的過去式？」

學生答：「went。」

於是Jim又問了一次：「What did you do today?」

結果學生很激動的回答：「I go to work. I already tell you!（我去上班。我已經告訴過你了！）」但是，兩句話中的動詞卻仍舊不是過去式（正確回答應是：「I went to work. I already told you.」）。

對這個學生而言，過去式只是理論、規則，並沒有進到他心裡，他對這些規則是沒有感覺的，再加上因為中文沒有時態，所以我們雖然懂過去式，但是講出來往往沒有過去式。如果我們在說英文的時候總要先提醒自己文法規則，那麼光是想著規則就已經來不及講。所以，重點在於我們要學會把文法變成習慣，如此一來想講錯都難。

教文法需表達清楚，讓學生反覆練習

我們在教文法句型時，會要求老師們做到2件事，一是意思要表達得夠清楚，讓學生能完全了解，二是要讓學生反覆練習句子架構，讓學生能不經思考而直覺反應。

比如，教到進行式時叫學生上台做動作，再問其他學生：「What is he doing?（他正在做什麼？）」假設台上的學

生做的是走路的動作,當全班學生才回答「He is walking.（他正在走路。）」,句子還沒說完時,台上的學生往往立即主動變換動作,比如改成跳,這時其他同學也會立刻回答「He is jumping.（他正在跳。）」。而台上學生常常會一再改變動作,不讓台下的學生說對。我並未要求學生做變化,但台上台下的學生搭配得很好,因為他們對這個文法有感覺,而不是死背規則。

又比如我在教未來式時,不會只死板的要學生跟著唸「I'm going to eat.」這類的句子。我們在教一個文法概念時,除了架構要練習,句子的意思也一定要讓學生清楚。所以以未來式為例,為了要讓他們了解什麼是「I'm going to」,我會站起來走向學生,一邊說著「I'm going to」,一邊用誇張的肢體動作與戲劇性的口吻,衝去某個小朋友旁說「I'm going to sit down.（我要坐下。）」,邊作勢要坐在他身上,這時,學生們會一哄而起。

我們用這樣的教學方式,把枯燥的單字、句子變有趣,讓整個課程、整個文法都活了起來!也因為學生對文法有感覺,所以句子、時態就不會錯了!我們會在所有文法句型教學中貫徹這樣的做法,讓孩子習慣並感受文法規則,讓他們能真正隨心所欲的表達出文法及句型正確的句子來。

先學會說，再來關注文法

我常說「聽多自然會說，讀多自然會寫」，而嬰兒學習語言的過程就是如此，嬰兒絕對不知道什麼叫文法，最後也還是學會了說話。然而當你學英文先學文法，一想到現在式第三人稱單數動詞要加s，過去式動詞要加ed等等規則，真的很難立即把話講出來。

我學英文的順序正好跟一般人相反，是看了許多電影後突然間就冒出話來，之後跟外國人對話多了，句型架構不斷累積之後自然會講。我是在會說之後才開始讀文法，因此能明顯感受到文法將我會說的句子做了整理歸納，不僅完全沒有需要背文法的困擾，也達到了自我修正的功效。

所以，你不用擔心沒有好老師能幫你將文法變成習慣，只要照前面心法4關於說的練習方法，先別管自己說的對不對，只專注於把英文說得流利。當你能輕鬆的說英文時，再學文法就會很清楚自己是講對還是講錯，講話時腦中彷彿有本看不見的文法書。

龔老師心語 ✏

將文法變成習慣，就好像晚上沒有刷牙沒辦法睡覺一樣。當文法規則變成習慣時，你要說錯都很難。

Chapter 21
心法8：用舊句型學新單字，用舊單字學新句型

　　一般編教材者在編排教材內容時，都會依照主題規劃句型及單字。譬如，這課的主題是食物，就會羅列諸如 hamburger、French fries、ice cream、bread 的單字，然後再搭配相關句型，如「What do you like to eat?（你想吃什麼？）」。儘管這樣的安排看似合理，但是新單字、新句型同時出現時，在學習上是困難的。

　　所以，如果能夠分批教，例如：新的食物單字先搭配舊句型「A: What is it? B: It is a hamburger.（那是什麼？那是一個漢堡。）」教，就能讓學生先熟悉這些單字。學生熟悉單字後，也許是一個等級以後，學到新句型「A: What do you like to eat?（你喜歡吃什麼？）」，就可以搭配現在已經是舊單字的 hamburger，回答「B: I like to eat hamburgers.（我喜歡吃漢堡。）」。

新舊混雜，相互融會

如此以「舊句型搭配新單字，舊單字搭配新句型」會讓學生在學習上容易許多。單字跟句子要能交叉作用，如此學過的東西永遠不會忘記，而且會跟新的東西融在一起，使得學生更能完整掌握、運用及發揮學到的舊東西。這也是為什麼才在我們這裡學美語3個月的學生，就能跟外國老師講1個鐘頭電話的原因。

我們在教像「What do you want to be?」的句子前，必須先教醫生、護士、警察、老師等學生最有感覺的單字，句型也會從最簡單的「What is he?/What is she?」開始，等學生先學會這個較簡單的句型時，才會進階教「What does he\she do?」這個句型。我用學生已經學過的職業單字來教新的句子，亦即新句型搭配舊單字，然後再以新單字搭配舊句型，這樣學生永遠都覺得很容易。他新學4種職業，加上舊的4種職業，就等於學會了8種職業。所以我們會要求每個老師都得清楚學生學過什麼東西。今天學新的形容詞，就要再複習舊的，溫故知新，單字跟句子要能交叉作用，學過的東西永遠不會忘記，而且會跟新的融會在一起。

自學時的建議

　　你在找自修的書籍時也能依循同樣的原則，如此就能找到符合自己當下程度、容易研讀的書籍。

　　例如，當你在找字彙書時，你會發現有時這個單元教了10個新字，而這10個新字的每個例句中，卻往往1個句子就有好幾個新字在裡面，有時作者會刻意將許多新字湊在一起，反而造成學習上的困難。同樣的，如果你找的是文法書，是不是文法例句中使用的單字都太難，如此單字也是新的，就很難掌握句型架構。

　　所以若你要買字彙書，就盡量找句子架構相對容易的；如果你要找文法書，就找書中使用的單字是簡單的。例如《Grammar in Use》這本書就把文法解釋得很清楚，用的字彙也很簡單。

　　此外，當你試著要使用學到的新字時，也盡量先用自己熟悉的句型，才不會容易出錯。而你要練習學到的新句型時，也盡量用熟悉的單字，這樣你的句子表達會更清楚。

英文老師

龔老師心語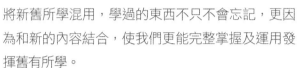

將新舊所學混用，學過的東西不只不會忘記，更因
為和新的內容結合，使我們更能完整掌握及運用發
揮舊有所學。

Chapter 22
心法9：五感學習

　　傳統填鴨式的學習法，往往讓學生覺得腦袋再也塞不下新的知識，而老師們上課時一成不變的語調與教學方式，也是讓學生容易分心、學習成效不佳的原因之一。那麼，什麼樣的課程設計能讓我們不只不會分心，更能讓我們在上課時就記住老師教的知識？

　　答案是老師可以試著創造多元的學習環境，多運用視覺、嗅覺、聽覺、觸覺、味覺等五感與學生互動，協助強化學生的學習與記憶效果。

善用五感強化學習效果

　　先前提過利用圖卡有助於深化記憶，但對於幼兒或年齡更小的孩子而言，光用眼睛看是不夠的，一定要手去觸摸。譬如教到水果時，我會準備水果模型，讓學生上台抓出籃子裡的一種水果，然後讓他回答「What is it?（那是什麼？）」的問句。很多老師會覺得這個只花1、2秒的動作意義不大，因為剛剛已經讓學生看過圖卡。但這短短的2秒事實上增加

了他記憶的機會，此外視覺加上觸覺的刺激，學習的效果就會有所不同。

又譬如我們教動物的單字時，比如cat這個字，也會配上貓的叫聲，這樣學生的感覺就會再多加一層。或是教到調味料的時候，我們會將鹽、糖、胡椒等調味料帶進教室分給每位學生嚐，不僅不需花很多力氣去解釋這些字（因為圖卡中的糖和鹽看起來很像），學生也因為有了味覺記憶，很快就能記得並且使用這些字。

過去我帶學生去美國參加美國文化交流協會所主辦的遊學時，有一次有一位老師在向學生解釋活動內容時，因為學生聽不懂wet這個字而不知該如何是好。因為我在場，所以他請我給意見。當時因為下著雨，我靈機一動將手伸出棚外接了雨水，再將雨水滴到學生手上說：「Now, you are wet.（現在，你濕了。）」接著再指著其他一些乾的地方：「Not wet, not wet, not wet.（沒濕，沒濕，沒濕。）」他們就了解了。如此他們不只能夠理解，對這個字也更有感覺，下次需要用到這個字時絕對不會忘記。

營造情境，讓學生當老師

多年前白曉燕案，警方與陳進興發生槍戰隔天，學生

來上課時情緒浮躁，還好那天課程是總複習，學生就問我：「老師，你昨天有沒有看新聞？」我假裝搞不清楚情況，學生便爭先恐後告訴我事情經過。我越裝笨，學生越奮力要把事件描述得更清楚、更仔細，我再故意將他們說不清楚的地方扭曲一下，讓他們澄清。一堂課下來，全班的學生都講到話了，還把一個社會事件做了完整描述。我上課時如果正經八百的要求學生描述這件事，他們恐怕沒辦法講得如此清楚，情緒也不會如此激昂。讓他們當我的老師，反而能使他們表達得更完整，用詞遣字也漂亮許多。人之好為人師，大人小孩皆然，尤其作師之師，更令學生樂上了天。

又有一回我在上高等班，當時在讀國外雜誌的文章，學生問我一個單字的意思，我回答我不知道，結果全班學生都很驚訝！我在上較高等級的班時都會帶英英字典，於是便說：「我們趕快查英英字典。」這是讓學生們學會並且相信自己會使用英英字典的大好機會。後來學生告訴我，那一個字他記得特別清楚，因為連老師都不知道那個字。

🦆 平時的運用

營造情境的方式不僅能用在課堂上，在自學時也能派上用場。例如藉由看影集，閱讀自己喜歡的故事書，或是聽

自己喜歡的英文歌，上KTV唱自己喜歡的英文歌曲，這些影集的內容、書籍的故事，以及歌曲的韻律，都能帶起我們的學習情緒，而任何能碰觸到你情感的都能引導你學習，讓你記憶深刻。父母在家若想教孩子英文，也可以在拿起水時對孩子說「Do you want to drink some water?（你要喝水嗎？）」，或在孩子要上床睡覺前跟他說聲「Good night.（晚安）」，或吃飯時對孩子說「Can you pass me some pepper?（你可以將胡椒粉遞給我嗎？）」。語言是越使用，越能發揮效果。

龔老師心語

學習是要有感覺的，不管它是觸動你的眼、耳、鼻、舌、身，還是心。

Chapter 23
心法10：不要怕犯錯

學習語言最重要的是：「Don't worry, be happy! And mistakes are good.（別擔心，要快樂！犯錯是好事。）」很多人英文講不出來，是因為怕犯錯，怕被別人笑。其實，大家真的不用擔心犯錯，因為有犯錯才會有進步！只管盡量聽與說，我們在聽與說的過程中自然會有所調整。

🦆 有信心就能學得好

或許你也有過這樣的經驗：在團體裡唱歌時可以唱得很好、很大聲，可是獨唱時就會緊張、怯場。學英文也是一樣，明明你能講得很好，可是老師突然點你回答問題時，你反而因為緊張而說錯，偏偏許多老師要學生說話時還要學生站起來，或站到講台上說，使得學生的表現更差。

要讓學生隨時保持最佳表現，老師們就得努力塑造令學生安心的環境，學生自然不擔心犯錯，上課時也能維持快樂、積極的學習情緒。我曾教過一個個性害羞的學生，原本去上鋼琴時，當其他小朋友都圍在老師身旁看老師示範特別

指法時，她永遠默默站在外圍。然而，這個孩子的家長發現他的孩子學了一陣子英文後個性居然變了，上鋼琴課時也會主動跑到前頭，因為我們的課程在無形之中會鼓勵學生表現自己，鼓勵學生盡量嘗試。

學生學得好不好，關鍵在老師

家長在教小孩騎腳踏車時，剛開始都會在一旁扶著腳踏車，扶一段後就會放手讓孩子自己騎。若孩子搖搖晃晃騎了一段後咚的倒下去，這時大部分的家長都會說：「你有沒有受傷？你剛剛自己騎了一小段，好棒呀！來，我們再來試一次。」很少會有家長會罵孩子說：「你怎麼這麼笨！叫你不要倒，你還倒下去！」

然而，當學生犯錯時，不少老師都會罵：「怎麼這麼笨！講幾百遍了還不會？」我們都知道沒有人天生一騎上腳踏車就能來去自如，或是學溜冰不摔倒就能學會，我們對這類的學習過程的錯誤都覺得理所當然，何以老師碰到學生學不會英文時會如此生氣，覺得學生一錯再錯不可原諒？

我在做師資訓練時都會提醒老師，學生犯錯是好事。如果學生都不犯錯，就表示他都會了，根本不需要學。所以要多鼓勵學生不要怕犯錯，學生犯錯是老師糧食的來源，學生

都不犯錯的話，就不需要有老師的存在了！

　　但是背後更珍貴的觀點是：每個老師都應該讚賞勇於嘗試的學生，因為有嘗試才有進步，而嘗試的過程中當然就免不了犯錯。我們如果能把這樣的觀念轉換過來，能夠欣然接受「錯誤」，並且了解這是學習必經的過程，那麼我們在學英文時就容易放得開，就敢講，英文就會進步很快！

　　假設我們買了一張椅子回來，坐沒2次就壞了，我們一定會拿回店裡找老闆再換一張好的。老闆絕對不會說：「這張椅子的木頭不好，跟我沒有關係。」相對的，當學生不會或犯錯時，很多老師都說：「這不是我的問題，我該教的都教了。」「這是學生笨。」「這是小孩子自己能力不夠，資質不好。」

　　任何的行業你都可以退貨，但是唯獨老師這個行業，教得好都是老師的功勞，教不好都是教材不好、學生資質不好。我常對老師及家長說：「學生學得好不好，其實是老師的責任！」很多老師將學習的責任放在學生身上，給考試、給功課，而不是把責任扛在自己身上，努力鑽研如何讓學生學得更好、更輕鬆。一個好老師不該只會教好學生，而是所有學生都能教。所以，我覺得人人都能學好英文，只要方法正確，再加上一個好老師！

龔老師心語：✏

不要怕犯錯，你的錯誤是老師的糧食，因為學生如果都不犯錯，就表示他都會了，那他就不需要學。如果學生不需要學，那就不需要老師，老師就會失業。

尾聲
相信自己，創造奇蹟

　　好多年前，有一次我在看豐橋的老師上課時，發現有個學生的程度和全班有明顯落差，下課時與那位老師聊起，才知道他每週都額外為這位學生做4小時一對一的複習，已經持續了幾個月，仍不見起色。於是我說：「下次複習由我接手。」

　　第一次幫這孩子複習時，我請他搭配自然發音法唸完26個字母，沒想到他每唸1個字母都要停頓將近1分鐘，26個字母唸完就花了將近20分鐘。在這過程當中，我發現他極度缺乏自信，連字母都不敢放心說出來。

　　當孩子猶疑不敢回答時，很多老師和家長常常等不及就直接告訴孩子答案，讓孩子跟著他說一遍。這樣孩子永遠沒有獨立思考的機會，他會永遠等你的答案，尤其是這種沒有自信、總怕答錯的孩子。我為了讓他能放心說出來，便在言談間讓他感受到，第一：「再久我都會等你，我不會不耐煩」，第二：「說對說錯，我對你的態度都一樣」。所以漸漸的，他回答的間隔時間越來越短。

經過一番努力，確認他已熟悉26個字母後，便進到讓他聽音辨字的步驟。剛開始時，我還刻意用發音明顯不同的2個字母讓他選擇，例如：我唸dog，要他選字首的字母是「d」或「f」。結果他每題都要花上2、3分鐘，而且答案幾乎都不對。於是我告訴他，我不要正確答案，只要他發聲出來就好。這對他有些幫助，他回答問題的速度變快了，答對的比例也提升到50%。他答對時，我會說「Good」讚美他，並給他一個微笑，在他答錯時我同樣報以笑容，告訴他正確答案。

然而，我發覺我錯了，我不該告訴他答案是對或錯，因為這麼做會讓他答題時有壓力，依舊無法放心作答。因此我做了調整，在他每次回答時，不管對錯都微笑著對他說「Good」。做了這樣的改變後，他回答的速度越來越快，居然可以做到一問一答幾乎沒有停頓，且正確率極高。接下來半年間，我每週都為他做1小時複習，直到他升上國中（當時小學還沒有英文課）時已進步不少。

每次學校段考後，我會去問每個學生考得如何，但因為他是資源班的學生，所以我沒特別去問他成績，結果在他升上國中第一次段考後，他跑來問我：「Lynn，你沒有問我考幾分！」我立即接：「你考幾分？」他說：「97分！」臉上

158

泛著說不出的自信。

他，是資源班的學生！

他，曾經連字母都不敢大聲唸出來！

他，可以將英文學好，你也可以！

我，曾經英文考0分！

我，20多歲才開始學英文！

我，可以將英文學好，你也可以！

相信自己！

附錄1 我們的經驗分享

學生篇

🐾 By Angelica 楊涵宇／吉林國小五年級

升小一的暑假時，媽媽擔心從未正式學過英文的我，入學後在課業學習上會有壓力，但又不希望我因為上了英文補習班提早厭惡英文，所以，在仔細評估、挑選後，媽媽帶著我到了豐橋。

記得第一次到豐橋時，媽媽還不斷強調：「我們只是來試聽，如果不喜歡不需要勉強。」一轉眼，我已經在豐橋5年，從初級班到現在的高級兒童成人班，越學越有趣。雖然，難度增加了，但這兒的老師不會給我們太大的壓力，課程中穿插很多有趣的遊戲，因此，雖然在教室裡是No Chinese，但在不斷的複誦練習下，我們就能學會。

很多人對於我會自己要求繼續學英文感到不可思議，尤其是我那些辛苦背單字、寫英文補習班作業的同學，更不相信我在豐橋從來沒有背過單字、記過音標，在這兒的自然發音及全美語教學下，我的發音和聽力在學校算是優秀的呢！當然，我更希望未來能用流暢的英文寫作，Lynn說語文學習原本就是聽說讀寫，先把耳朵打開了，其他自然會愈來愈進步。總之，這樣的學習環境是愉快、沒有壓力的，而且，我也真的覺得很有收穫喔！

🐾 By Annie 蔡安欣／師範大學國文系二年級

我在豐橋學美語已有14年之久！小學就開始接觸No Chinese的教學模式，其他補習班死記硬背的學習方法已經吸引不了我！在全美語環境中，更容易吸收美語的聲音、語調，而不被中文影響，加上老師們說學逗唱樣樣精通，使我在學英文的過程中，將遊戲融入學習，充滿了歡笑。更棒的是，上了國中、高中，我逐漸發現當同學人

手捧著一本英文文法講義，上課讀、下課更要讀時，我卻可以在一旁悄悄偷得浮生半日閒，因為我早在全美語的環境之中，受到老師、同學潛移默化，不知不覺熟習了文法的應用，文法已深刻的烙印在腦海中，甚至可以不假思索便脫口而出正確的句子來，而非期期艾艾、片片段段的照樣造句。這是我在豐橋得到的特殊優勢。除此之外，在這裡能跟來自美國、愛爾蘭、加拿大的外籍老師接觸，每個老師都風趣幽默，從小處來看不僅消除了我與外國人對話的恐懼、加強了英語口說經驗，從大處來看則是能夠交到外國朋友、了解異國風情，更可以開闊自己的眼界！我將一輩子難以忘懷在豐橋所得到的收穫！

🐝 By Cherry 吳宛怡／政治大學法律系四年級

兒時進入豐橋，在中、外老師充滿趣味及全英文的教學之中成長，雖然對學習陌生語言有諸多排斥，但這裡風趣幽默的圖卡教學、單字的英文定義解析、對話式的學習，即使我不會KK音標，也能精準掌握英文發音，徜徉在英文的世界裡。而豐橋始終堅持全美語教學，就是為了讓我們在環境的薰陶下，無形間更加熟悉英文，並以之作為溝通的語言而不再依賴中文。

我的英文表現也許不算突出，日常生活中也不常使用，但真正察覺豐橋對我的影響是大學的時候。當我為了考試重拾許久未接觸的英文書本，才發現自己認為早已遺忘的單字，即使不熟悉也能憑直覺發音，這是過去在全美語環境中，一點一滴累積的基礎。

🐝 By Danny 王德愷／台北海洋技術學院電腦通訊工程系一年級

記得5歲上Lynn的第一堂課時，Lynn耳聞其他老師我上課的態度很差，因為那時我不知道英文到底有多重要，這陌生的語言對我而言根本是雞同鴨講，但Lynn卻改變了我的學習態度，讓我從不喜

歡到愛上英文，從之前不適應No Chinese到反而愛上No Chinese教學，也讓我更愛豐橋。這正好印證了Lynn所說：「學習不一定要很痛苦，只要方法正確，快樂學習更能創造驚人的效果。」

豐橋不同於別家補習班，沒有沈重的回家作業，也不用背單字及文法，只要輕鬆運用「自然發音法」，就可以輕鬆做到「聽到音就會拼，看到字就會唸」。這讓我省下寶貴的時間，回到家根本不需要讀英文，這是Lynn帶給孩子們快樂的環境。

現在的我，學校英文都第一，英文分班檢定考第一，段考滿分，英檢初級通過，這些成就都是豐橋帶給我的榮耀，Lynn不但成就了我們，也造就了老師們的專業，在這裡每位老師都用心，都關心學生，是個充滿愛與溫暖的家，我很驕傲自己也是這個大家庭的一份子。

認識到Lynn是我這輩子的福氣，選擇豐橋更是我的榮幸，因為有Lynn讓我成為一個原本不愛英文到不放棄英文，甚至愛上英文的孩子，真的很感謝Lynn改變了我對英文的學習態度，造就了現今的我。

By Fiona 鄧筠臻／再興小學二年級

我從未進補習班學過英文，第一次到豐橋旁聽時很害怕，因為媽媽說這間補習班標榜的是No Chinese，那我豈不是要變成啞吧學生了嗎？

上課不到2星期，那種恐懼的心情沒有了，不安的感覺也不見了，換來的是輕鬆愉快，且期待上課時間到來的心情。

Lynn是班主任也是創辦人，更是一位心靈老師，永遠笑咪咪。Jim也是豐橋美語創辦人，他像是慈祥的聖誕老公公，每次上課就會帶給我們歡笑。記得有一天我們正在考試，忽然聽見怪聲，原來是聖誕老公公怕我們太緊張，故意這麼做。Peter、Spencer、Eric 3位來自不同國家的老師就像大哥哥一樣，總是能輕鬆把我帶進課本裡，我真

的很喜歡他們，希望媽媽永遠都能讓我在這裡學習英文。

By Johnny 張祐豪／景興國中二年級

　　為什麼我會選擇豐橋全美語這麼多年？其實，我在來到豐橋美語之前，曾上過其他補習班，但它們大多都只注重考試成績，而且都只叫學生用「死背」的方式學習，上課氣氛實在很悶、很無聊。

　　在豐橋美語幾年，我發現它跟傳統英文補習班有很大的不同，豐橋是小班制教學，有良好的師資與環境，上課時只能用美語和老師溝通。全美語的教學方式比一般的美語教學更為勝出，而豐橋則比其他全美語補習班更為好，為什麼？

　　因為豐橋有另一套有趣的教學方式：它讓學生在遊戲中學習，也沒有回家功課，讓學生可以輕鬆學習，下課時也可以向老師提問或聊天、談心事。來豐橋，不僅可以快樂學習，更可以交到許多益友，這就是我長期選擇豐橋的理由。

By Mini 鄭華雅／崇光女中

　　近年來，隨著兩岸關係蓬勃發展，學生們慢慢感受到莫名的壓力，面對未來的競爭壓力，如何有效且快速學習語言成了一大要素。豐橋不論是教育方式或是環境都不像其他補習班，不會要學生硬背單字，出寫不完的功課。豐橋總是能讓我在不知不覺中背下單字，因為學的是自然發音法，只要唸的出音，要拼出單字再簡單不過，也讓我在學習英文的道路上無往不利。

　　升高中那年，我在基測的英文科得到了滿級分，其他同學苦惱該如何把英文學好時，我卻一點也不擔心，因為豐橋奠定我穩固的基礎，也讓我勇於隻身前往澳洲留學。在國外，英文一點都不成問題。出過國唸書，一定有人會知道，那改天你「學成歸國」時，一定有人

會好奇你到底進步了多少，若你基礎不穩而學無所成，豈不是讓父母浪費大把鈔票嗎？

多聽多看、多接觸，把英文融入生活中，久而久之所學的就變成自己的。豐橋提供想學英文的學子一個良好的環境，把孩子的未來投資在豐橋是個明智的選擇。

🐝 By Roger 林逸奇／美國麻省理工學院 MBA 碩士生

我第一次與豐橋美語接觸已是 16 年前的事，當時我是豐橋最早的學生之一。認識龔老師這麼多年，很高興老師終於有機會把她的教學方法，有系統的呈現給讀者。

我在豐橋學習美語超過 6 年，這段學習經歷對我日後的英文能力有極其深遠的影響。除了英文聽說讀寫的能力提升，豐橋更培養了我對語言的興趣。我認為，學習英文是永無止境的，一個教學機構若能提供學生不同的學習管道和工具，並輔以經驗與熱誠兼備的師資，建立師生長期互動關係，才能培養出學生對英文的興趣，同時提升優於同儕的語言能力。

在豐橋，學習英文是沒有壓力的，我從未為豐橋的考試背過任何一個單字；在豐橋，我每堂課都有大量機會「說英文」，而不只是「聽英文」；在豐橋，由於其獨特的「No Chinese」教學法，搭配英文電影、音樂、漫畫等有趣的學習教材，使我培養出強烈的「英文語感」。 這樣的語言能力，對我日後不論在考場或職場上，都有很大助益。

離開豐橋多年，我的英文學習歷程卻從未間斷。大學畢業進入外商公司工作後，仍需自修商用英文，以於職場上做出更有效的溝通。工作 3 年後，我前往美國攻讀商學碩士，至今約 1 年半，英文已成為我每天最常使用的語言。由於年輕時在豐橋培養出對英文的興趣，我

認為學習英文不是應付學校考試，而是為了自己的未來。這樣的觀念和態度，造就我今日不斷學習的動力，感謝龔老師，及其教學夥伴 **Mr. Jim Walsh** 的長期指導，也期許他們能將此教學模式傳授予更多學生。

By Terry 游崇誠／輔仁大學資訊管理系三年級

我現在就讀大三，回想在豐橋上的第一堂課已經是10年前的事了。當時就讀小三的我，換過一間又一間的美語補習班，已經對英文心生排斥。當時看到豐橋的簡章時也沒想太多，只覺得這間補習班離家裡很近，就抱著姑且一試的心情去上課了。

上完第一堂課後，我的心裡的感覺是：「哇！怎麼會有這麼輕鬆的補習班！上課就像是在玩遊戲一樣，跟著充滿活力的老師們嘻嘻哈哈；下課也沒有作業，放學之後就完全沒有壓力！」我馬上就愛上這個地方，開始期待上之後的課程。升上國中後，開始得面對一張又一張的考卷。一開始真的很緊張，擔心在豐橋度過4年快樂時光的我會不會跟不上學校進度，這時豐橋的魔力發揮了，在豐橋老師們互動式教學和 No Chinese 的上課環境下，我在不知不覺中已經訓練出過人的語感和扎實的文法概念，很多題目真的是念過去就能反射性的選出答案！除了對考試有實質的幫助外，豐橋在學校不考的聽力和口說能力上也讓我獲益良多，因為每次上課老師和學生都只用英文溝通，久而久之習慣成自然，在需要要聽說英文的時候，就能像在聽說中文一樣輕鬆。

在豐橋求學的日子裡，讓我印象最深刻的老師就是 Lynn 老師。考大學的時候，老師在我較不擅長的英文作文上幫了我很多，從最先開始的文章架構到深入的寫作技巧，老師都一步步傳授給我。我練習寫完一篇文章後，老師也都認真的幫我檢查和批改，告訴我還有哪些

地方需要加強，我在大考時作文能拿到不錯的成績，Lynn老師真的功不可沒，我真的十分感謝她。除了在課業上，Lynn老師也非常關心學生。老師對每個豐橋的學生都十分照顧，我們就好像老師的小孩，來到豐橋就和回到家一樣充滿溫暖！

在豐橋上課10年真的是轉眼即逝。我只能說，我很高興我選了豐橋，沒有豐橋，我不會愛上英文；沒有豐橋，也不會有今天的我！

🐨 By Ann 鄭安汝／新店高中二年級

我在豐橋上課已經5年，在這之前在長XX補英文，在那裡每節課都要考試，考不好的時候還得留下來，而且每次都有回家作業，再加上學校的作業，有時實在讓我覺得喘不過氣來。正因為如此，我後來非常抗拒到英文補習班上課，是媽媽一直說服我，我才到豐橋試聽。試聽之後，發現這裡可以沒有負擔的學習，很輕鬆快樂。因為豐橋採用No Chinese教學，所以上課會很自然用英文跟老師對話，講久了，英文自然就變好了。跟之前比起來，我覺得在豐橋輕鬆學習能吸收的比較多，定期的考試也會在考前先複習，「拿到考卷卻不知如何下筆」的情況再也不會發生。我很開心我選擇了豐橋。

🐨 By Roy 高羽柔／景美國中一年級

我從幼兒時期就開始接觸英文，以前上過的家教班跟補習班，每堂課都要考試、背句型，每天壓力很大，但因為是死背的東西，所以也不見得懂，在生活中不會活用。但自從來到豐橋美語，學習英文變快樂了，再也不需要死背單字和文法句型，這裡的教學方式，不僅讓我很容易理解，也讓我可以真正用英文思考，對英文不再畏懼，可以輕鬆開口說英語。

By Annie 蔡文馨／雙溪高中二年級

　　當初來到豐橋時，我連一句簡單的問候語都不會，那時我的年齡早已超過該開始學習英文的年紀，別人都說要贏在起跑點上，很顯然的我沒達到，但接下來的幾年在豐橋老師專業的教導下，我知道只要選擇對的教學方式，也可以後來居上。或許一開始我落後了，或許我沒有天份，但來到這裡後我超越了別人，超越了以前的自己，在英文的領域裡也有了自己的一片天。

 By Johnny 李宗燁／東山高中一年級

　　語言，代表一個文化，一個民族學習語言就是在認識這一個國家。Rain那輕柔落下的音律，拆成R、A、I、N之後有什麼意義？就像中國的六書，英文26個字母，唱出大河文明的生命力，語言之美不該受到限制，譬如李白的詩常破格律，但它仍是那麼美！可記得人們兒時學習語言之際，學會自是如此自然，在豐橋和來自異國的老師們接觸之後才知道，之前所學的英文是多麼狹窄，人生無常，生活千變萬化，所以語言也千變萬化，真正學習語文的方法就是生活化，而豐橋給的正是最貼近生活的教法。如果要通過考試，就有一千零一種學英文的方法也不為過，但真正能學好英文的路，豐橋是我所走過最好的一條路，一個文化、一個民族、一個國家在這裡真正與語言快樂的結合。

🐨 By Karen 戴佑如／ Sunny 張晴晴的媽媽

　　我在6年前重回職場，深知自己的英文程度大不如前，所以來到豐橋報名成人的會話和閱讀寫作班。Jim完全扭轉我傳統的英語學習觀念，每堂課都很用心準備多元、豐富的資料。他從不急著把知識全塞給我們，總是比喻閱讀就像舉重一樣，如果我們讀很淺的英文書，

就像舉重太輕，沒感覺、沒幫助，但如果拿太難的書來讀，太重反而會傷到自己。他常買許多有趣的書籍，如《哈利波特》、《暮光之城》，以及各種電影，跟學生一同觀賞。他也常準備英文歌，甚至同一首歌還找來多種歌手、多種曲風，讓我們彷彿上了一堂超讚的英語音樂課！

　　Jim也說我們要「Make mistakes!」，這樣他才有飯吃！他讓我能夠勇敢問出一些以前不好意思說出口的笨問題！對於我們還是不太懂的東西，他會用大量深入淺出的比喻來解釋，讓我們理解。他曾說，他和Lynn對在這裡的老師最大的要求，就是他們得愛學生。我在豐橋10多年了，真的能感受到他們的愛。他們總是不計成本買最好的書、電影，讓我們免費借閱，幫助我們提升英文能力。他們也從不逼迫我們，因為他們深知學習還是在個人，只是默默帶領我們用自然有效的方法學習。他們是我這輩子見過最替學生著想的好老師！

🐨 By Sunny 張晴晴／長庚大學生物醫學系一年級

　　在豐橋上英文課總是一週最歡樂的時光。

　　小班制讓師生關係親密；壓力少讓學生自發學習；自然發音法讓我們能夠聽聲音就拼出單字，看到單字也可以念出正確發音；全美語讓我們以英文思考，英文聽說讀寫就好像母語一樣自然。

　　我很感謝老師們耐心的幫我們打好英文基礎，使我們的英文到一個階段之後就會進步神速。每週2堂英文課讓我輕鬆學習，我把英文班的老師都當成家人，因為豐橋給我的感覺就像家一樣。

　　我人生中做過最棒的選擇，就是在豐橋學習英文，雖然豐橋是我從小到大唯一上過的補習班，但我知道這裡是學習英文最好的地方！

（以下為上篇感想原文）

Learning English has become more and more important since people use English everywhere. The best way to improve one's English ability is, of course, go to a English speaking country and spend a year or two living in an environment that uses English all the time. But we don't have that much time, so what teachers at English Bridge School do is to teach us stably little by little, though you can't see the effect very fast, you'll be surprised to find that students here are able to speak fluent English after they finished Children Class.

The "No Chinese" rule make us think in English, so we can use English without translating it from Chinese like many other classmates at school, this saves us lots of time wheel listening, speaking, reading, and writing English.

The reason I'm confident with my English is English Bridge School. English Bridge School helped not only my English, but also my personality. If you want to learn English naturally and happily, English Bridge School will definitely be the best choice!

By Eva 陳昱文／北一女中二年級

剛進豐橋時，我還是個懵懂的小學生，轉眼間6年過去，我就要上高中了。

剛開始上課時，我甚至不知道「Take a break.」是什麼意思，只是傻傻的複誦；現在我可以完成一篇完整的文章，還有每天的作業：寫日記。或許我的文法並不是很好，但我卻能在看到文字的當下正確唸出來，這讓我很開心，覺得有點不可思議！

豐橋的老師們都很親切，我們在課堂上對話不必擔心文法上的錯誤，只要把心裡想說的話說出來。大多數的同學也不害怕用語不對，

最重要的是我們都聽懂了！No Chinese 讓英文變得單純，訓練我們用英文思考，而不是中文的另外一面！

　　我很高興能成為豐橋的一份子，和大家一起學英文。英文，其實沒有那麼難！

（以下為上篇感想原文）

　　Hello everyone, I'm Eva.

　　I've been in EBS for 6 years. I have studied English here from an elementary school foolish child, to a high school student. I am not that stupid now.

　　At the beginning, I didn't even know what's the meaning of "take a break," so I just spoke after teachers. But now I can finish an article, I can write diaries. Maybe my grammar isn't that fine, but I can speak English words correctly when I see it. That really surprises me, impossible great!

　　The teachers in EBS are nice and friendly, we don't have to be afraid of making mistakes when we talk, we just say what we really want to say. Most classmates don't worry about their speaking mistakes, the most important thing is that we understand! And "No Chinese" makes English is pure "English" in my brain, not the other side of our mother tongues. I like to be here, to learn, to speak, and to laugh. I'm glad I am a part of EBS. It is so happy for me to learn English. Actually, English isn't that hard.

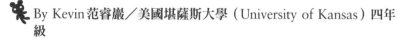

By Kevin 范睿嚴／美國堪薩斯大學（University of Kansas）四年級

　　豐橋美語提供的「全美語」環境，是我認為在學習美語上最有效的方法。當學生在全美語的環境下學習時，他所接觸到的當然就只有美語。這是一個能夠使學生聽說讀寫的學習能力和對於美語溝通的技巧最快培養起來的方式，豐橋幫助我順利的從美國高中的 ESL（美語輔導課程）在 1 年內畢業。回想起來，如果當年我在豐橋學習的時候有更認真用功一點，我可能就不會需要上 ESL。我覺得我很幸運在這麼棒的一家補習班學習過，每個禮拜我都會很期待上 Lynn 跟 Jim 老師的課，這段時光都是以歡樂度過的，聽著老師們搞笑、聽歌並分析歌詞、政治辯論，還有寫文章。當然最重要的是，這一切都是在全美語的環境下發生，那時我的美語真的是以光速的速度在進步。現在我再讀大四了，雖然我不會自稱是美語「大師」，但是在豐橋的 6 年時間確確實實建立起我的美語基礎，最後我個人認為台灣其他的美語學習機構也該像豐橋學習，並且採用全美語教學。

（以下為本篇感想原文）

　　The "No Chinese" policy at English Bridge School, in my opinion, is the most effective and efficient way to master the English language. When a student is under a "No Chinese" environment while learning how to read, write, and communicate with the English language, it allows the students to understand the daily customs of English at a quicker pace, while it also allows a student to master their grammar by constantly speaking the language as if one were in a foreign environment where English is the primary language for communication. The "No Chinese" policy allows one to dig deeper

into the English language and understand the foundations of the dialogue and literature at its authenticity. The "No Chinese" policy helped me graduate from ESL in American high-school curriculums after two semesters. If I worked harder while attending EBS, I might not have had to take ESL at all. In other words, when it comes to learning English, I believe the "No Chinese" policy should be adopted by every educational institute in Taiwan. And I consider myself very fortunate to have been a part of a great program with great instructors. Sitting in Jim and Lynn's class was something I looked forward to every week, because it allowed me to learn English by telling and listening to hysterical jokes that would bring the entire class laughter, discuss domestic and foreign affairs in English as if each student was communicating with an English speaking foreigner, listen to English songs among various genres and analyze their lyrics, and most importantly, write essays among various topics that helped me improve in English at rocket-science speed. As a senior in college, I wouldn't consider myself a "master" of the English language, but attending EBS during the six years I lived in Taiwan definitely helped me set a solid foundation for my learning process.

家長篇

By范光復（外交部駐外人員）╱Kevin范睿巖（美國堪薩斯大學四年級）爸爸

　　龔玲慧老師是一位敬業盡職、深具愛心的老師。個人因工作關係長年居住國外，小犬睿巖無法從小在國內就學，第一次在國內就讀是從小學四年級開始。因數年後仍將出國，擔心久不使用，屆時英語跟不上，內人於是將睿巖送到景美住家附近龔老師創辦的豐橋美語，1週3次利用晚間2小時補習英語。豐橋師資優良，全以英語教學，辦學認真不在話下，而最讓人印象深刻的，是龔老師和她的夥伴Jim兩人對學生關愛的態度，學生和他們非常親近，家長也都很信任，睿巖在豐橋度過愉快而充實的4年。

　　龔老師拜在知名禪學大師洪啟嵩老師門下多年，禪學造詣深厚，與洪大師遍遊國內外指導禪修。2009年龔老師和洪大師雲遊至美國密蘇里州堪薩斯市，彼時筆者正好任職堪市，有幸接待他們。龔老師與睿巖多年後再見，師生情份較往昔更加親切。越數載，龔老師與洪大師至休士頓指導禪修，筆者與睿巖從堪薩斯飛至休士頓參加，期間龔老師除帶領禪修外，並藉著她修練多年之氣功導引，用她柔弱之身軀，為眾多學員調治各種病痛不適。不論自己是多麼勞累，龔老師從不拒絕別人的請求，經常忙到深夜。這就是龔老師，永遠熱心、樂於助人、不計辛勞。

　　欣悉龔老師大作付梓，謹以個人多年來對龔老師的認識，寫下這一段文字，除了對她慈悲為懷的精神表示深切的敬佩外，並為個人及內子多年來與龔老師誠厚的友誼留下一個註腳。

英文老師

🐨 **By 李玉娟／ Johnny 李宗燁（東山高中一年級）媽媽**

我當然知道學習英文的重要，只是難免在目前的英文教育體制裡迷失。曾經，我看重的是英文「考試」的成績，而不是孩子和英文之間該建立怎樣的關係。

換句話說，哪裡可以提高孩子學校考試的成績，就會是我的選擇。乖巧的孩子雖然沒有異議，但枯燥的單字背誦，以及永無止境的考試，漸漸讓孩子每星期上英文課前，流露驚慌和恐懼。我當然知道學習英文的重要，但是孩子更重要。所以，我決定放棄！

會帶兒子和女兒再叩英文學習的大門，是因為當過英文老師的好友極力推薦豐橋，可這份盛情我真沒能把握承受。本來是抱著試聽完就回家，給好友一個交代的心態，沒想到，已被英文嚇壞的兒子竟帶著笑容下課，然後告訴我，他要上課。一向自詡為大哥的兒子願意上課，願意和小她 2 歲的妹妹同班，重新開始。

學英文的意義是什麼？曾經的惡魔竟變成現下的天使？而今，已是高中生的兒子還「賴」在豐橋，從 Lynn 賴到 Jim，現在甚至已上到一對一的課程。我能夠了解他為何如此喜愛這些不特別講究背誦的豐橋老師群。老師帶著他透過英文認識了披頭四、卡本特兄妹。他喜歡搖滾歌手伍佰那段時間，老師還介紹他更搖滾的英國天團。他努力用英文讓老師明白他最愛的三國演義。英文陪著他的成長低吟逝水年華，陪他瞭解在地球另一端，在不同的時空裡，有少年和他一樣有著青春青澀的煩惱……

英文已成為我兒女生活的一部分，說英文真的再自然不過了！

🐨 **By 郭淑娟／ Lulu 陳新與 Emma 陳意（景興國小二年級）媽媽**

我們和大多數家長一樣，竭盡可能提供孩子良好的學習環境。一個機緣下，我們參與了豐橋的試聽會，深受 Lynn 的想法感動，因為她

說出了一般孩子為應付當下聯考制度，都是用背的方式在學英文。另外，她要孩子快樂學英文，不要孩子花時間寫英文單字，強調用「聽說讀寫，循序漸進」的方式來學英文。

Lulu跟Emma在豐橋的時間只有短短3個月，英文成績雖然並未因此名列前矛，但她們喜歡上課，喜歡在牆壁的畫板上寫著歪七扭八的英文字母，喜歡隨口拼音，偶爾興致一來還會用簡單英文彼此對話，這些變化我們都察覺到了。

🎀 By謝明華／Thomas侯天勤（靜心國小一年級）媽媽

當年2歲半的Thomas第一次到豐橋試聽，就玩得很開心。雖然他從沒上過英文課，而且老師還是外國人，卻一點也不害怕！上過幾次課後，他甚至發現，說英文要比說國語容易得多！

台灣的學生因為有課業壓力，學英文因此變得不好玩，但是豐橋的教學方法卻讓英文變有趣，讓孩子學英文沒有壓力！現在Thomas上小學了，豐橋的教學方法讓他記單字時又快又有效，而且因為是用「記」而不是「背」的，完全不會有背過就忘的困擾。

🎀 By馬蓓芳／Hannah劉佑寧（崇光女中一年級）媽媽

Hannah在上小學前，除了曾在3歲時上過純美語幼稚園外，並未再接觸英文。因為我認為孩子必須先培養好母語能力，將來在其他語言上才能有更好的領會，所以直到她小四時才讓她去學英文。我經由其他家長介紹認識了Lynn，剛開始只聽說上Lynn的課很輕鬆愉快，回家沒有功課，唯一的規定就是上課要全程使用英文。我心想：「一週才上2次課，每次2小時，全程又以英文授課，孩子就能輕鬆學好英文，真有這麼好的事？！」

經過3年多的驗證，Lynn的教學果真使孩子有實力卻沒有壓力，

孩子總是樂於學習，上課對他來說就像在玩，後來經 Lynn 的說明，得知她將遊戲融入教學中。此外，Hannah 不是以死背苦記的方式學習英文，比如她在學習拼音時，自然發音卡的遊戲規則成了她進步的利器。因為家中常有海外友人來訪，友人的孩子只會說英文，Hannah 自然成了很好的玩伴。出國時，我總會看到她大方用英文與人溝通。現在她讀私立中學，儘管英文課業加重了，她也並未因此討厭英文。

在語言學習路上，我慶幸孩子有懂她的好老師 Lynn 相伴，提供她正確的學習方式，讓學習事半功倍。

By 戴佑如／ Sunny 張晴晴（長庚大學生物醫學系一年級）媽媽

Sunny 小一時看同學會寫英文很羨慕，便對我說她想學英文。我一直沒有忘記多年前表妹到豐橋應徵老師時，提到她很訝異那兒的小朋友竟能把英文說得很棒的事，因此我二話不說，直接帶著 Sunny 來找 Lynn。

豐橋開放家長進教室旁聽，希望藉此讓家長了解孩子在學些什麼，所以我都陪小孩一起上課。旁聽後發現課堂上不管老師學生全程都得使用英文，所教的 Phonics 發音法完全不同於我們以前所學的 KK 音標。這裡的老師上起課來活潑生動，Sunny 因此變得很喜歡上英文課，也跟老師們建起深厚的感情。也因為外師來自世界各地，孩子因而常能接觸到不同文化，就算聽到各式各樣的英文腔調也不怕。她和妹妹也曾數次到德國找阿姨玩，連 Uncle 的德國腔也難不倒她們！姊妹倆在外地看到外國人時，更不會有不敢開口說英文的恐懼。

兩姊妹在慧橋沒有壓力且最自然的英語學習環境裡不斷成長，兩人在國中基測時英文都拿到滿分，姊姊今年大學學測英文也拿到滿級分。沒有事能比孩子能夠快樂學習，又能同時獲得成效，更讓我感到欣慰了！

同事篇

Lynn——零的奇蹟

By Vivian周瓊玲／豐橋班主任祕書

「Choose me! Choose me!」在教室中不絕於耳，這是我剛來豐橋（English Bridge School，簡稱E.B.S）時的印象。孩子們各個爭先恐後搶答，臉上充滿了燦爛笑容，為什麼他們可以這樣快樂無壓力？這讓我對Lynn倡導的No Chinese教學感到好奇，也落下些許疑惑。但當您真正了解什麼是「用英語教英語」，這些疑惑都一一迎刃而解。

我的英文程度不好，聽說讀寫都不行，因此在跟外師溝通時總覺得很害怕。但身為行政人員，我必須在第一時間解答家長的疑問，所以我接受了完整的訓練，也進教室旁聽課程，看見孩子從完全不懂，到聽懂、敢開口說，因而深刻感受到「聽說讀寫，循序漸進」的重要性，也讓我看見用英語教英語的魔力，而我也在這樣的環境薰陶下，增進了「聽和說」的能力，在不被糾正錯誤，並反覆複誦正確句子，讓我著實能夠安心的說英語。學習第二語言就像學習母語一樣，選對方法就能如騰雲駕霧般的自由翱翔。

Lynn可說是全美語教學權威的主導人，我在15年前認識Lynn時，E.B.S在文山區有堅強的口碑，那時沒有幾家補習班實施全美語教學，真正落實這點的只有豐橋美語。Lynn的教學法更是讓中外籍老師及家長們讚嘆佩服，讓孩子們親身見證這套教學的魅力所在。Lynn所創立的豐橋，沒有多餘的包裝廣告，沒有亮麗的六星級裝潢，也沒有商業化氣息，卻散發著像「家」一般熱情親切的感覺。從傳統填鴨式的環境中跳脫，躍升歡樂的全美語情境，不背不考，沒有回家功課，看見孩子們從畏懼英文到喜歡甚至愛上英文，我想這就是Lynn要創造的奇蹟，而這也是她本身的奇蹟。

　　是怎樣的因緣際會，讓原本不喜歡英文的她，致力於「用英語教英語」的全美語教學？這全是由一個「零」開始，可別小看這個「零」，它造就了一位全美語教學的傳奇靈魂人物。

　　您若不認識Lynn，就不能說知道全美語教學，全美語的精髓，唯有在豐橋才能看見，您一定要親身經歷。

 因材施教

By Angel林安琪／豐橋學務處執行長

　　以前讀國中時，因為班上同學都有補習英文，所以老師自動簡化上課內容，從那時候起我的英文便始終學不好，也遭到邊緣化。來到豐橋看到Lynn教學，總覺得不管他教的是哪個年齡層的學生，都能讓大家覺得學英文真的好簡單又快樂，後來才知道原來Lynn之前也學不好英文，大學聯考竟然考0分！正因為她是過來人，所以她懂得我們學英文的難處和瓶頸，總用最淺而易懂、適合不同年齡層的教學方式，讓我們不再害怕英文。

　　最記得有一對讀國中的兄妹在校的英文成績總徘徊在20~30分，在上了Lynn不到4次的課程後，月考已進步到70~80分！由此可見，有效的教學是重質不重量，不是課上得多就一定學得好，而是在於你會不會教。

　　小小的訣竅卻是經驗的累積，這樣的案例在豐橋可說是家常便飯。

　　許多家長剛送孩子來豐橋時，都納悶這裡到底哪裡好，可以讓那麼多學校的老師把自己的孩子送過來。沒想到Lynn竟然是第一個提倡「用英文教英文」的人，也是第一個強調「聽到音就會拼，看到字就會唸」的教學者。其實豐橋厲害的不只如此，Lynn還會針對各年齡層發展的階段設計適合的教學方式。例如：學齡前的孩子對觸摸實體操作

的印象特別深刻，而且專注力短暫，所以教學時需要準備很多的教具來吸引小朋友。不管是大人或小孩，只要上過Lynn的課，大家都會瘋狂愛上她，因此常造成學務處排課的困擾，因為她了解孩子們的需求，重視各年齡層的變化，更在意孩子們的個別差異，希望每個來豐橋的孩子學到的不只是英文，而是各方面健全的發展。

若說有哪個補習班能做到讓孩子在最無助時，會第一時間去那兒訴苦，或分享任何的開心或不開心，或即使他們在長大10年、20年後，還一定會回來看看這裡的老師和大家，那就只有Lynn和Jim一手建立的豐橋了。

常常有家長問我該把孩子送去哪學英文，我總是二話不說就推薦Lynn。

豐橋使我成長

By Cherry 蔡家馨／豐橋學務處工讀生

我是個英文程度普通的大學生，剛結束補習人生，也經歷過大大小小的考試，只知道求學過程一路走來，讀英文的方式除了背還是背。只記得當時由英文26個字母無限排列組合的各種單字，在我腦中無數次重組，始終和我保持著距離。我很羨慕英文好的人，更敬佩能把英文從不會教到聽說讀寫樣樣精通的人。

第一次來這裡時，聽見教室裡傳出來的都是英文，就連下課時間小孩們嘻嘻哈哈的圍繞在老師身邊時，嘴裡唸的也是英文。當下我便十分好奇究竟是怎樣的教學方法，能夠讓這裡的孩子在學習上既快樂又如此有成效呢？

Lynn總會在工作之餘和我閒聊許多學習英文的經驗，以及對學習英文有助益的方法，在無形之中讓我對學習英文更有興趣，也更有自信。例如：把英文套用在自己有興趣的事物上，比如影集或西洋音

樂，這些對增進英文能力以及學習興趣都有幫助。

Lynn倡導No Chinese教學法，主要是在幫助學英文的孩子塑造全美語的環境，但如果少了循序漸進的教學方法，是不可能一蹴可幾的。從用邏輯層層堆疊的英文教案，上課的道具與相關的遊戲內容設計，還有許多陳列在櫃子裡的英文DVD與原文故事書，其實不難發現Lynn在教學上投注的心思和熱情。只要用對教學方法，真的能讓學習成果事半功倍。

還記得有一次參加了Lynn介紹的專注力體驗營，雖然只是短短幾天，居然讓我在英文的口說方面有了神奇的改變，可能因為沒有從小就習慣念英文，所以英文發音會有一點含糊的中文口音，或甚至有些音發不太出來，或覺得有點吃力，但是在參加專注力體驗營後，Lynn覺得我之前常發錯的音有了明顯改變，我也覺得念起英文來變得較為自然輕鬆，我想可能是舌根得到放鬆，使得咬字變得更加清晰吧！

從學生變成老師

By Eric 張瑜／豐橋老師

從小父母就很注重我的外語能力，或許是因為哥哥是在美國長大，英文自然很好，父母不希望我感到不平衡，所以從幼稚園開始我就讀雙語學校，到了小學，父母感覺我的英文並不是那麼流利，母親就開始到處尋覓適合我的英文補習班，在試了超過10間的補習班後，其中包括非常知名的補習班，最後終於找到豐橋。

到了豐橋，我感覺到這間補習班非常與眾不同，甚至覺得它根本就不是一間補習班。豐橋，不像其他補習班一樣給人沈重的壓力，也沒有擺放整齊的桌椅，到了櫃臺也不會有老師盯著你交作業。豐橋不一樣，那兒的教室是開放式的，你可以到處跑跑跳跳，學校的布置更

是厲害，不同季節有不同變化，特殊節日布置得更是漂亮。一進去豐橋感覺就像置身國外，學英文完全沒有任何壓力，一開始就一直聽，聽完了就會說，會說了就會讀，讀完之後就會寫，就像我們學中文一樣。

不知不覺，我在聽說讀寫上都變得很精通。考試都拿滿分，基測滿分，學測頂標、演講比賽、話劇比賽都拿獎。甚至查字典比賽，連字典都不用翻就寫完了。能考上大學，也是光靠英文一科就上了。

我能完成這些事，都是靠著Lynn的教法。在這邊學英文不是為了考試，是把英文當成第二語言。尤其Lynn教的Phonics，我學完之後說起英文就跟從美國回來的哥哥一樣。在學校講起英文時，老師跟同學都以為我是ABC。說起來也奇怪，我講中文時有大舌頭，講英文時竟然沒有。我想最重要的還是Lynn教英文的方法，他的教法讓我愛上了英文。

我不像別人一樣，是為了讀書而學英文。英文已經成為了我生活中的一部分，最後甚至還因為非常認同Lynn的教法而成為豐橋的老師，Lynn也說在當老師的同時，也能再把我的英文能力更提高一層。最重要的是，我希望我也能運用Lynn的方法，讓我的學生找到英文的樂趣，同時也把英文融入到他們的生活中。我希望能改變他們，就像Lynn改變我一樣。豐橋對我來說，已不只是一個學校或工作場所了。他就像我的家一樣，它改變了我的一切，我想，當初若沒有走進豐橋，我就不會擁有現在的一切了！

🐨 Lynn在教學上給我的啟發
By Rita 鄭琬蓉／昔日豐橋老師

認識Lynn老師已有將近10年的時間。當年剛從國外留學歸國，對未來還很茫然的時候，在機緣巧合下走進豐橋美語，開始我人生中

的第一份教育工作，這一待，也讓我立下從事教職的決心。在Lynn與Jim的幫助下，我快速吸收他們多年累積的教學理念、經驗與技巧。我得說，我真是太幸運了！

在豐橋（或Lynn老師身上），我不僅學到非常多珍貴的美語教學知識，對兒童美語也有了更深一層的理解及體認。我從沒想到美語教學能夠這麼有趣，而看著孩子們自然輕鬆的說出完整句型，身為老師的我，除了充滿成就感，更驚歎於正確有效的教學方式，對孩子們的第二語言學習發展是多麼重要。

即便後來投入幼兒教育研究領域，我對兒童教育的理念及基礎，仍深受Lynn老師的啟蒙與影響。如何讓孩子們在快樂、無壓力的環境下，達到百分之百的學習與吸收；如何讓孩子們自發性的喜歡學習、喜歡美語；以及如何跳脫傳統的填鴨式教育，不再讓考試及作業壓垮孩子們的肩膀。這些動人的理想，就在Lynn及Jim的研究和努力下，一點一滴的實現了！因為他們的堅持，使得許許多多從未出國留學的孩子說出一口流利的美語；他們更以專業營造出孩子們快樂學習美語的園地。更因為他們不藏私的傳授，訓練出很多優秀的教師，也讓No Chinese 的全美語教學，在完整的系統下發展茁壯。

在離開豐橋後，我待過許多教育機構，如補習班和雙語學校，大部分學校都只重視包裝及行銷，而非教學質量，他們常無法設計出合適的美語教案，也缺乏完善的教學系統，更沒有專業的師資培訓課程。這些經歷使得我更由衷感謝Lynn老師當年的傾囊相授，我很珍惜Lynn老師費盡心思所設計出來的教學資源，更感佩她多年來在美語教學的毅力及堅持。

（本文作者畢業於澳洲昆士蘭科技大學教育系，主修幼兒教育研究。具加拿大卑詩省專業幼兒教育認證。）

Lynn帶給我的教學震撼
By Shirley黃靜秀／昔日豐橋老師

第一次接觸龔玲慧老師的No Chinese教學法，是在我以受訓者身分參與她的示範教學那天。我無法以筆墨型容那場示範教學帶給我的震撼：一個以中文為母語的人竟然能完全不用中文來教同樣母語背景的人英文，完全顛覆我過去數年來的英文學習經驗。

相信大多數人對學校英文教育的共同回憶，都是反覆的單字及文法句型記憶背誦，只著重紙筆測驗，缺乏口語練習，使得聽說讀寫能力的發展完全失衡，甚至連發展的順序也搞錯了。沒錯，語言學習是有順序的，Lynn曾經說過：「仔細回想一下我們是如何學習自己的母語的？」打從出生我們就持續不斷地「聽」到母語，接著我們學習模仿母語的聲調，「說」出每一個字，然後再累積單字成為句子，等到稍大一些（上幼稚園或更早）時開始認字，進入小學教育時，開始提筆一筆一劃練習寫字，此時一個7歲的孩子已經能活用大部分的母語。所以，你發現了嗎？聽說讀寫應是「循序漸進」，而非「齊頭並進」。

「Class-Group-Individual」（簡稱C-G-I）是Lynn的一個教學重點，不管在教單字或句型，豐橋的老師都會先請全班一起覆誦（Class），之後將大家分為數個小團體（Group）輪流唸。此時老師就能從中發現哪些是發音較弱的學生，最後才讓每個學生個別唸一次（Individual），老師再從中確定誰需要更多練習。

如果光是一直唸單字，想必很無聊吧？如果我們用數種方式，例如遊戲、競賽，來練習同一個項目，就會讓學習有趣許多。要讓新事物在大腦裡留下深刻印象不是容易的事，除了反覆接觸以外，還要鼓勵大腦「想去記住」。

Lynn的課程設計非常細膩，每堂課都涵蓋上一堂課所學，環環相

扣，她所強調的「以學過的舊單字來練習新句型」概念，不僅能幫學生複習過去學過的東西，也讓學生在學習新單字或句型時較不會感到艱澀難懂，也因為課程與課程之間緊密相連，從第一課到最後一堂課都能反覆練習各種單字句型，學生的英文程度也由此層層堆疊而上。

No Chinese教學法不用中文解釋英文，因為中文與英文有不同邏輯思考模式及文化背景，建立「用英文思考英文」的思考模式，對初次接觸英文的學生而言非常重要，這將影響你能否真正活用英文。如果你用中文思考，每次說句子時就還得想一下是時態跟句型，腦筋都不知急轉幾個彎、打多少結了。其實只要拿掉中文思考，也無須背誦文法句型時態，直接以句子來教文法，用大量舉例的方式來解釋文法，確認學生明白後，由學生舉例如何使用此文法，學生就能自然而然的用英語表達自己的想法。

同時Lynn也善於營造友善、讓人感到放心的環境，總能讓年紀較小又是第一次接觸英文的學生感到放心，並且很快就喜歡上這裡！此外，Lynn還會用滑稽的方式介紹自己出場，一進教室就沒停過的微笑，放低姿態坐下來使自己與孩子們同高，這些舉動除了能降低孩子對陌生環境的不安外，還會讓老師一開始就贏得孩子們的信任與好感。

好老師也必須具有「Teacher's power」（老師的力量），在學生情緒太過高昂而讓課堂無法進行至下個項目時，適度向學生釋放「老師親切但是有原則」的訊息，以利課堂順利進行。就我看課的經驗來說，Lynn是很懂得收放這股力量的老師，因此她能讓學生上課上得很過癮，也能夠嚴厲要求學生課堂秩序，令我非常佩服。

百聞不如一見，請去看看Lynn的示範教學，親身感受一下如何自然而然的學英文，肯定能完全顛覆你對學英文這件事的認知。

不教而教

By Spencer John Joseph Bresnick ／豐橋老師

　　看Lynn上課令人有點吃味，因為你知道你沒辦法像她那麼有魔力，可以緊緊抓住學生的視線。為什麼學生對她那麼感興趣？難道她長相滑稽？還是她的聲音很好笑？

　　其實都不是，她的祕訣是用學生的語言來跟學生對話，用學生能懂的教材去教他們，不是死板板的你「教」我學，而是秀給學生看。學生們不管是為了得到讚美或糾正老師故意給的錯誤訊息，想跟Lynn溝通就得盡力去使用英文，在被規定不許說中文的環境裡，他們會用所知的英文字彙去表達。

　　此外，我們在教顏色時，就用這個顏色的字卡來教，我們用顏色來教顏色，要教鐵鎚時就拿一支玩具鐵槌來教，要教踢球這個字就請某人來做這個動作。我們在學其他技能的時候，都是從做中學，從範例學，這幾乎是我們學習的唯一途徑，但我們在學語言時，怎麼會忘掉這個方法？

　　當我們學另一種語言時，怎麼會覺得應該用另一個語言去學新的語言？我們要教一隻豬時會秀一匹馬給學生看嗎？教2+2是多少時，不會秀5x5的圖卡，不是嗎？要學會玩遊戲，最好的辦法就是自己去玩玩看。要學畫，就得動手拿起畫筆。依此類推，學語言當然也不例外。所以教學生最好的辦法便是透過舉例、以實際操作或用學生能夠理解，有意義的方式來做。

　　一般人學語言的目的，都是為了要能使用。對學生，尤其是年紀還小的學生，你要給他們一個學習語言的理由。為學英語而學，對他們來講還不夠。獎勵通常是誘導學生在自然而然中迫使學生說英文最好的方法，不管這個獎勵是為了得到遊戲分數、或為兌換禮物的獎卡，或是糾正老師故意給的錯誤訊息，最後這招最能引起學生強烈發

言的動機。

　　比方說，某個學生叫Nancy，你故意叫成Nandy，她為了要讓你知道你叫錯名字，就不得不說出：「My name is not Nandy, my name is Nancy.」的句子。用這個方法不論在句義、發音和感覺上都更強而有力，而且由初級到高級任何句子結構，這個策略都能奏效。當你說，「Nancy is going to kiss a cockroach tomorrow morning.（南茜明天早上要親一隻蟑螂）」時，除非她真的打算這麼做，否則她一定會不加思索，立即用英文來反駁這個句子的錯誤之處。

　　在Lynn的班上，沒有一個學生不是聚精會神的，大家都得全神貫注，否則「聲名」可能不保！看Lynn「教」英文，是非常引人入勝，因為你會看到她跟學生打成一片，看到學生們因而快速掌握這個語言，真的非常有趣。她創造一個歡樂、親切的環境，學生也不用怕說錯，因為只要開口說就是對的。不管說對說錯，在這裡說英文是被期待、被獎賞、被肯定，也是被鼓勵的。其實你就是用這種方式學會自己的母語，所以第二外語當然也可以依樣畫葫蘆，而且還能學得更有效率。

　　Lynn就是這麼做到的。至於詳情如何，我也不確定，我還在學習。如果你也想知道，就去看她的書吧。

（以下為上篇感想原文）

Teaching without Teaching

By Spencer John Joseph Bresnick

　　Watching Lynn is a difficult position to be in because you know you can never have the students as interested in you as they are in her. Why are they so interested in her? Is she funny looking? Does she have a funny voice?

Not really. She speaks to students. With material they can understand. Without "teaching" them. She shows them. And they say it, whether for a reward or to correct wrong information, they speak English in order to speak with Lynn. In an environment where Chinese is not allowed, they have no other choice but to use what words they have to speak English.

In other circumstances, we use a colour to teach that colour. A hammer to teach a hammer. Have someone kick a ball to learn to kick a ball. In nearly every other skill acquiring field we "do", we lead by example—it is often the only way. How have we let this slip when learning a language?

When did we deem it OK to learn a language using a different language? Can we learn what a pig is by showing a horse? Can we learn what 2+2 is by showing 5X5? Playing is the best way to learn to play. Drawing, to draw. Why should languages be any different? Show students by example, by actions, by modeling comprehensible input in a way that has significance and meaning.

Learning a language is generally for no other use than to use it. Students, especially, young, need a reason to speak. Learning English for English-sake is not apparent to them. A reward, whether it be points in a game, points to collect in exchange for a gift, or to not have false information—and this last one is usually the strongest— forces them to speak, without really knowing it.

Saying a student's name is "Nandy" instead of "Nancy", she will be forced to correct you, making the sentence, "My name is not Nandy, my name is Nancy," much more powerful in meaning, pronunciation, and feeling. This works all the way up, with any structure. Saying "Nancy is going to kiss a cockroach tomorrow morning" forces her, unless she is content with kissing a cockroach, to change the sentence—and therefore use the language, without really knowing it, to speak the language.

There is not an uninterested student in the class. They must be interested. For their reputation depends on it. It is thoroughly fascinating to watch Lynn "teach" English. To play with the students and watch them grasp the language so quickly. And in a happy, friendly atmosphere where speaking is not wrong, speaking is right. Speaking is expected, is rewarded, is appreciated, is encouraged, whether they say it correctly or incorrectly. In the same way you learned your native Language, you'll learn a second. Albeit much more effectively.

Lynn does all this. How? I have no clue. I'm still learning. You'll have to find out for yourself. Go read her book.

Lynn 的教學法 ── 一名教師的經驗談

By Peter James Rowley ／豐橋老師

環境

Lynn 的教學法與眾不同，所以整個學習環境的安排也與眾不同。在台灣的教育體系裡，學校盡是機械式和填鴨式教學，而一般補習班則是以熬夜也寫不完的作業和考試為主。然而，位於台北市景美某個角落，由龔玲慧 Lynn 老師和 Jim Walsh 老師合辦的豐橋美語，作法則完全不同。以下是一位豐橋美語老師的經驗談和教學心得。

學風

　　包括創辦人Lynn在內的豐橋美語每位教職員，營造了一個非常溫馨的學習環境，這對任何第一次走進豐橋美語的人都是一番驚喜。這裡氣氛之融洽，甚至會讓人覺得有點搞笑、沒大沒小的。而學生也超愛老師用這種風趣而輕鬆的方式和他們相處。在老師的帶領下，學生們受到感染，就會自發的以活潑的方式用英文回應老師。

　　這種輕鬆互動的關係，很自然的被帶到教室裡，而孩子在課堂中活潑的參與及投入，正是這個快樂、有效學習的重要要素，而這也是豐橋美語秉持的理念。

Lynn—學生的老師、老師的老師

　　Lynn把我從原本不懂教書的外行人，訓練成一名不論教任何程度的學生都能得心應手的英語教師。她不僅是位傑出的英語教師，更是在師資培訓上很有天賦的人才。

　　只要看她上課，你一定會發現她很能讓人不自覺的卸下心防。她的臉上永遠掛著微笑，這雖然是教學必備，卻是打從心底發出的真摯情感，讓小孩子在陌生的環境中能非常輕鬆自在。由於Lynn在課堂上完全的放鬆自在，因此學生也自然而然的跟著一塊兒放鬆，完全融入課堂輕鬆歡樂的氣氛。

Lynn的教學方針

　　在Lynn的教學方針指導下，每位豐橋老師都抱著兢兢業業的態度，因為他們被要求每一堂課都必須上得生動且愉快。在Lynn的課堂上，學生會感覺他們才是真正的老師，她的言行及上課教學風格方式，影響了所有老師的教學及工作態度，為老師樹立了閃亮的典範。在她的課堂中，不會有嚴厲的處罰，也不會有任何人覺得在這種輕鬆開玩笑的上課方式下尊嚴受損。這點正如同豐橋美語的座右銘：「不要覺得自己很搞笑，就是要搞笑！」

Lynn和學生的關係很好，他和學生的互動就如同表演者和觀眾之間的互動，完全不像傳統師生之間的互動，如果學生對某個教學安排不感興趣或沒反應，她馬上就會捨棄並做更換。整個上課過程等於是Lynn和整班學生一塊兒設計的旅行，有別於傳統上老師主導的上課方式。

Lynn的教學策略

Lynn最中心的教學策略，就是「如果希望小孩子做什麼事，自己得先做給孩子看。」這是一個很驚人、有效而且極有見地的見解，這個教學方式，使得很多傳統認為必須依賴解釋的教學方式，很自然的變成不需要，這讓我們的「No Chinese」全美語教學真正落實在每日教學活動當中，不像有些學校，只是淪為單薄的口號。

Lynn將班上的每位小朋友都視為獨立個體，予以尊重。如果有學生說出「我不懂」這句話，他事實上是得到更多學習的機會，Lynn也會應用更活潑的授業技巧讓他了解更清楚。小朋友誠實而勇敢的表達「不會」的訊息時，絕不會被老師責罵，或得到「你真笨」的反應。學生之所以能如此開放的學習，主要是歸功於Lynn準確的掌握小朋友的學習程度，以及靈活的運用教學策略。

Lynn始終相信學習本身是件好玩的事，所以不管是教造句或句子結構，都能讓學生有充分表達的機會。只要學生是運用正確文法規則或單字造出來的句子，她都予以肯定，但她更鼓勵學生發揮想像力造出句子。所以小朋友天馬行空的大膽造句，常常造些很搞笑的句子，在這種方式之下學習，學生們都躍躍欲試，用英文來表達自己的想法。學生在此學英文沒有功課，完全用不著死記。這裡的孩子都有自主學習的動機，不像一般年紀小的孩子都是被動學習。

結語

我認為Lynn整體的教育方針，是仿照一個母語的學習環境，創

造學習的動機。讓學生喜歡學習，這個理論使得學習系統變得更有吸引力，也使學習變得更加快速更容易，而這理念也一再被證明非常有效。

　　所以不用多說，當你見到 Lynn 教過的學生說英文時，就是最好的證明。

（以下為上篇感想原文）

Lynn Gong's Teaching Method - One Teacher's Experience

By Peter James Rowley (TEFL teacher)

The Setting

Lynn Gong's unique teaching perforce requires a unique setting. In between the mechanical, forced learning of the Taiwan state school system on the one hand and late night homework and exam based cram schools on the other, there is a place in a little corner of Jingmei, Taipei trying to do things differently. Here are the experiences and thoughts of a teacher of that place, the English Bridge School, as founded by Lynn Gong and Jim Walsh.

The Atmosphere

All the staff, including Lynn, maintain a welcoming environment at the school. A newcomer entering EBS for the first time, though, is in for a (pleasant) shock. The atmosphere is one of mild, mocking irreverence. A place where teachers exchange pleasantries with their students in a humorous, relaxed way, that the children adore. The children are encouraged to use English to respond in kind. They often do.This relaxed relationship is easily carried on into the classroom,

where, under the EBS' philosophy, the child's active contribution to the class is a necessary ingredient for a happy, productive lesson.

Lynn Gong as a Teacher

Lynn trained me from an almost complete teaching novice to a teacher confident in teaching a student of any level, any aspect of English. She should be noted not only as an able teacher of English, but as a talented teacher of teachers.

Something an observer will readily notice is the disarmingly unassuming approach she brings to teaching. Children in an unfamiliar environment are made to relax through a smile that though deliberately used to aid her teaching, is yet also completely genuine. She is relaxed and at home in her classroom setting, and so her students are made to feel the same.

Lynn's Teaching Approach

Under Lynn's approach, the teacher has a tough job in that they are required to deliver a buoyant, pleasant lesson each and every time. The sort of lesson a child might conceive of if they themselves were a teacher. Lynn affects this delivery as a glowing example to others. There is no room for stern disciplinarians, nor any one whose pride might get in the way of delivering a class a child enjoys. "Don't feel silly, be silly, " goes the EBS mantra.

Lynn takes her queue from her students more like an entertainer might from her audience than a traditional teacher might from her students. If an activity is found uninteresting or inappropriate, then it is tweaked or substituted accordingly. The class feels more like a journey undertaken by Lynn and the class together more than the teacher-focused trajectory of the traditional class.

Lynn's Teaching Strategy

A central teaching strategy of Lynn's is "If you a want a child to do something, you do it first." This an amazingly useful and insightful maxim that allows the "need" to explain things ideas to be neatly side-stepped. This tenet more than any other makes the strict "No Chinese" policy an everyday reality and not the simple aspiration it is in some schools.

Children in Lynn's classes are always treated with respect and as individuals. A child saying "I don't know" is simply given more opportunities to learn, and more strategies are employed to make the information to be imparted clearer. Never are they scorned or made to feel "stupid" for making so honest and brave an admission. This openness on the part of the students is Lynn's most useful tool in aiming her class at an appropriate level and in framing her teaching in the right way.

Lynn, in the intent belief that learning is fun, teaches sentences and structures that allow the students to express themselves. Sentences that accurately apply grammar or vocabulary are accepted, the more imaginative the content the better. Thus children are encouraged impart information that they relate to, however "silly" it may be. Under this strategy, the students really want to practice the sentences, if only to express themselves. No self study is needed to aid memorization. Unusually for children of such a young age, they provide their own impetus to learning.

Summary

I believe the overall aim of Lynn's teaching to be to as closely replicate native language learning as possible, in a setting that the student finds appealing. The theory that the more appealing the system of learning, the more easily and rapidly is learning made to be, is one I find to be borne out time and time again.

Let Lynn's past students, now so at home in their second language, speak for themselves.

附錄 2《敦煌英語教學雜誌》專文及報導

No Chinese, please! 用英語教英語／龔玲慧

（季刊第 12 期）

教學特色

1. 課堂上不論外籍、中籍老師或小朋友，完全不說中文。
2. 「Choose me!」的聲音，在課堂上永遠不絕於耳。
3. 小朋友學英語的主動性增加。
4. 上課時，小朋友說英語的機會比老師多。
5. 是以學生為主的教學。
6. 是互動的，不是單向的教學。
7 有人上課講中文時，其他人會說「No Chinese!」
8 小朋友對語言、語音的敏感度比較強。
9. 小朋友會在語言中發掘中西文化的不同。
10. 小朋友會在日常生活中說英語。
11. 這種溝通的訓練，增加小朋友想像力及表達力。

為什麼要 No Chinese？

1. 符合大腦方面的研究理論

(1) 增加腦部的使用範圍

　　您可能很驚訝，人們在說不同語言時，是使用腦中不同的部位。任何有關大腦的研究都支持這一理論。有個實例是發生在一位美國的古典希臘文及拉丁文教授身上。他從一次車禍昏迷清醒後，突然完全不會說英語，不過很幸運的，他的希臘文和拉丁文區沒有受傷，所以

他仍能說這2種語言。更幸運的是,他太太是教希臘文的,所以這種很少人會的古典希臘文,就成為他們夫妻之間的溝通語言了。

當我們學習一種語言的時候,腦部會有一個語言區形成。而當我們同時學習2種語言時,我們的腦部就會產生2個語言區。因此,一個小孩子若同時學習2種或2種以上的語言,在他腦部中,被開發的區域就會比接受單一語言的小孩大。

假使您的英語課程是以中文為基本教授語的話,只會增強中文部分的腦區(Chinese brain),而對英文的腦區(English brain)不會有影響。相對地,如果是完全的英語教學,對腦部的增強範圍便是英語區而對於中文區不會有影響。

(2)防止字串造成干擾

經由翻譯方式學習新語言時,腦內並不會形成新的語言區,而是以一種「字串」(word-pair)的方式,將新語言附加在原母語後。舉例來說,一個以中文為母語的小孩,當然腦中會有一個中文區,而當他學英語時,如果有人告訴他,狗的英語叫dog,那麼他中文區的狗,就會轉化成一個字串:「狗-dog」,而不會另外形成一個有dog這個字(或音)獨立存在的英語區。

這就是為什麼我們很多人學了很久的英語,但是一旦要和外國人交談或看電視、電影時,會發生來不及聽或開不了口的情形 —— 當我們聽到一個字或一句英語時,是先到中文區(Chinese brain)去尋找這些字串,將之翻譯成中文,然後同樣地,再將我們想講的話,先在中文區裡尋找字串,才翻成英語說出。而這一來一回,往往就來不及了。

如果您的國台語都很流利,建議您做一個實驗,就是每當您要說一句台語時,都先用國語翻成台語(也就是完全以國語來做思考),您就能體會字串的干擾了。

2.培養孩子獨立思考的能力

相信許多家長或老師會發現，孩子即使去了有外國老師上課的英語補習班，卻可能還是不敢和其他外國老師說話，更不用說陌生的外國人了。甚至有些孩子可能都不敢在下課時和自己的外國老師交談。為什麼？因為他們害怕聽不懂，不知如何回答。

而我親眼所見，所有在所謂No Chinese環境下學習的孩子，縱使是初學者，也能在下課時間很大方地和老師交談。當然，下課時的談話內容是天馬行空、五花八門，他們不可能都學過，但他們會靈活運用有限的字彙，加上肢體語言來溝通。

歸究其原因，這種學習環境和一般有中籍老師輔助或翻譯的最大不同點，在於孩子們學會「獨立思考」。即使沒有學過這個字或句子，學生也能自己去判斷、揣摩，不需要老師永遠站在旁邊幫他們。因為打從第一天上課開始，學生就一直在做這樣的練習，而且是沒有恐懼、很快樂的學習。

我常和我的新班家長說，如果孩子身邊一直有老師在翻譯，將來有一天要和外國人說話而老師不在了，碰巧這個外國人說的話以前又沒學過時，就會有聽不懂或不知所措的情況。

3.避免翻譯造成的障礙

學翻譯的人都知道，兩種語言之間沒有任何語句是完全對等的，有許多東西是不能直譯的。

(1) 有許多東西類似相等，但實際上卻不相等

例如sofa和沙發、pudding和布丁、炒飯和fried rice等。英語的sofa不含upholstered chair，中文的沙發卻包括單人的座椅；英語的pudding和我們吃的布丁也不盡相同；美國的fried rice除了口味不同，更是特指蝦仁炒飯。外國人的東西到了我們這裡變得不一樣了，

而我們的東西飄洋過海後，也變得不一樣了。

(2) ㄊㄚ和 he/she/it

很多中國人，包括老師在內，都有在說英語時將 he、she 弄錯的時候。這並不是我們（或他們）不知道 he/she 的不同，而是當我們說 he 或 she 時，腦中有著「ㄊㄚ」的影像。

4. 以學習母語的方式學習新語言

記得我在剛開始教英語時，下課後有小朋友問我：「it is 是什麼意思呀？」我說：「它是。」本以為是很清楚的回答，沒想到孩子們接下來竟有一大串問題。本以為二秒鐘就可以解決的問題，竟花了我一整個下課時間，而且越解釋越混亂。之後我漸漸深信，孩子們唯有在語言本身中去學語言，才能真正感受到這個語言。由解釋中去學習語言，永遠總感覺隔了層什麼。

不用說，母語是每個人講得最好的一種語言，No Chinese 的學習就是在模擬學母語的情況下學英語，如此才可能學得像母語一樣好。

如何做到 No Chinese

要能夠完全做到 No Chinese，除了老師本身的活潑度和肢體語言，最重要的是要能掌握到語言中的 logical flow。否則小朋友會不清楚老師到底要他們做什麼（尤其是在較初級的班級），以及忘了學過的東西。這是由於在沒有邏輯架構的引導下，小朋友學到的只是一串不知如何靈活運用的英語字。我從四、五年前接受 logical flow 教學的訓練後，便一直鞭策自己實行。

1. logical flow 的基本步驟

先教單字→再教答句→帶入 Wh 問句→ Yes/No → Yes/No →答句

→帶入Yes/No問句。舉例而言，如果今天我們要教的句子是What do you like?，答句為I like blah-blah，而如果今天的blah-blah是動物，第一步驟就是先教動物的單字。

(1) 步驟1：教動物的單字

老師可用flashcards（閃卡）、動作或聲音，告訴小朋友動物的英語說法，讓他們覆誦多次。老師必須一個字重複很多次後，才教第二個字。第二個字練習很多次後，再回到第一個字，這兩個字熟悉後，再教第三個字，依此類推。在這過程中，老師必須先保持愉快的情緒，才能保持小朋友的學習情緒高昂而不會無聊。

當drill（練習）做得差不多時，就可以玩遊戲了（遊戲在No Chinese的教學裡占非常重要的地位，每一堂課一定要玩數種遊戲。當然，遊戲的過程也是No Chinese）。在玩過遊戲之後，每個字才能更真正深入孩子腦中或心裡。特別注意，若drill做得不夠就玩遊戲，往往會帶給孩子挫折感，而且遊戲比較帶動不起來。另外，遊戲的選擇對於初學的孩子也很重要。老師可以先選擇聽力方面的遊戲，再玩口說方面的遊戲。

當小朋友對新單字都熟悉了，我們才帶入句子，老師絕對不可以在學生對單字還不熟的時候教句子。同時，在教較難的句子時，一定要使用他們最熟悉的字。新單字配上新句型的效果，一定不比舊單字配新句型，或新單字配舊句型的效果。

(2) 步驟2：教答句：I like blah-blah

這個句子中like是新字，同時也是本句的重要字，因此，我們一定要針對like先做drill。

通常我教like時，會有多種表達方式，因為我們不希望孩子們用翻譯的概念，一個英語字對一個中文字地學習，我們希望他們能感受這整個字的意義。不可否認的，教兒童英語的老師肢體動作要很

誇張，甚至「三八」。譬如教 like 時，我可能會做出誇張的 kissing 動作，或高興地抱著洋娃娃（或以 flashcard 代表），有時還會追著小朋友抱。

當 like 練習得差不多，小朋友也都能清楚發音時，便可開始教答句。以「I like…」這個句子為例，因小朋友已經學過 I，剛剛又學過 like 及一些動物名稱，所以接下來，我會說 I like 然後做出很喜歡的動作，抱住一張動物 flashcard，一張張卡片替換。在小朋友了解 I like 的意義後，就可以指著一張張的卡片，讓他們說「I like dogs/cats.」等等。

(3) **步驟 3：帶入問句 What do you like?**

在 No Chinese 的教學過程裡，我們不教問句，小朋友是在自然而然的情況下學懂問句。

延上例，當小朋友都能說「I like…」的時候，我便拿著一疊 flashcards（或者指著教室中的實物），一邊抽換卡片，一邊讓小朋友跟著說：「I like dogs. I like cats…」就在小朋友大聲說句子的同時，老師很輕聲地在小朋友沒有感覺的情況下，跟著每張卡片，問出問句「What do you like?」，問句的音量逐漸提高。幾分鐘後，我直接以此問句問小朋友，每個人都能正確地回答「I like…」，沒有人會有愕然聽不懂或不知所措的感覺。這是因為我們在不知不覺中置入問句，使小朋友習慣這個聲音，而自然地接受了這個新句子。

(4) **步驟 4：教 Yes 和 No**

Yes/No 答句的句型，應在學生對 WH 句型熟悉後才教，而且要先教 Yes 再教 No。同樣延上例，在「What do you like?」的問答句型熟練後，再教「Do you like…?」。

當第一次教到 Yes 和 No 時，先拿著 dog 的卡片說 dog，並做出疑問的表情，小朋友則會說 Yes，以此反覆練習。之後再教 No，這時可

能指著 dog 說 pig，很奇怪的是，大部分的小朋友在這時都會笑，尤其是幼兒班的小朋友。

(5) 步驟5：教 Yes/No 的答句

「Yes, I like…」的句子只是將 Yes 和「I like…」連在一起說，所以這部分可以很快進入狀況。而「No, I don't like…」則要先教熟了 don't，然後再依 break a sentence 的方式（解說見「教學注意事項第4點」）把整句湊起來。在教 No 的時候，為了增加趣味性，我往往會選一些小朋友不喜歡的東西來做練習，如 pigs、snakes、mice，甚至 boys 或 girls。

(6) 步驟6：帶入 Yes/No 問句

這裡的方法和前面步驟3類似，但是以 Yes 的句字先，而問句剛開始的音量也可以比步驟3時高，因為此時學生對這種如「Is it a dog?」的問句，會因為對「It is a dog.」句型的熟悉而較不感陌生或恐懼。

在說明 logical flow 的步驟之後，我們再來探討一些其他在教學上要注意的事項。

2.教學注意事項

(1) 不說多餘的英語

我們在上課中只說英語，但是不說多餘的英語。也就是，不說與教學目標沒關係的英語，而只用教過的英語及新教的英語單字或句子。這麼一來，初級課程似乎是最難教的！尤其對一個 native speaker 來說更難，因為他難以想像，他在課堂上所說的一些很平常的話，其實對學生造成了很大的學習障礙。以教姓名為例，很多外籍老師在教姓名時，一開始就說：「My name is…. What is your name? Can you tell me?」當然，小朋友不可能聽懂這一長串的英語，而這些老師認為

輕鬆的開場白，卻往往增加了小朋友的恐懼感。

我遇過一位還算活潑的外籍老師，每次上課時總喜歡說一堆話。例如：「I'm going to teach you some animals. Do you know animals?」他在拿出flashcards的時候也是如此，如果這張卡片上是一隻cat，他就會說：「Do you know what this is? This animal is a cat. Can you say 'a cat'?…」

在他說了一串話後，小朋友已經無所適從了。接下來他叫小朋友站起來，問：「Tell me what this is. Can you tell me that this is a cat? Can you say 'A cat'?…」如果被問到的小朋友是聰明活潑的，都尚且不見得能答出來，偏偏這類老師在問問題時，又不一定會先挑程度最好的小朋友回答。於是一堂課下來，老師的結論往往是「小朋友程度太差」或「內容太難」，殊不知，其實問題在於老師本身。我想這可能也是大部分老師不認為No Chinese教學可行的原因之一。

(2) 掌握 CGI（Class, Group, Individual）原則

這個原則適用於任何課程，在這裡特別提出，是因為在No Chinese的教學過程中，非常重視這個原則。老師在做drill的時候，一定是先問整個班級，當全班都可以回答得很好以後，才問group（可將小朋友分成2或3組，視情況而定），等到每個group都能回答得很好時，才問個別的小朋友。我們希望每個孩子在回答問題都是信心十足的。

這個原則看似簡單，但是至少有50%以上的老師喜歡一開始就問個別的學生（individual），這樣子也許比較好教，但是常會得到比較差的教學成效。

(3) 運用 TPR（Total Physical Response）教學

顧名思義，所謂的「完全肢體反應」教學是指老師以各種肢體動作使學生了解並熟悉教學內容或目標，而並也以肢體回應。No

Chinese教學並不完全就是TPR教學，但No Chinese教學確實需要用到非常多TPR。

(4)Break a Sentence

任何句子都要盡量拆開，特別是長句子。要小朋友一下子就能說清楚的英語句子是不可能的，若勉強的話，只會造成他們囫圇吞棗、含糊唸過。

以「It is a pin.」為例。在教過一些動物如pig、dog、monkey和cat之後，而且學生已對這4種動物的英語說法很清楚時，我會伸出食指說a，然後指著pig的卡片說pig，依此類推，直到小朋友熟練。然後，我指著一張張動物的卡片，每一張都覆誦一次It is，而且發音正確，我再拿著每一張卡片說「It is a pig.」或「It is a dog.」。就這樣，由pig、a pig，再到「It is a pig.」。拆句字的方式不一定要由前開始或由後開始，我認為全憑老師對這個句子的感覺。

3.其他有關的輔助

(1) 老師的訓練

No Chinese教學能否做得好，老師占了極吃重的角色，所以我們不僅在挑選老師時非常用心，在訓練老師時更是要非常用心。在此舉一小部分本校的師資訓練方式以作參考。

在訓練課程的第一天先選定一種受訓老師們都不懂的語言，在完全無預警的情況下，由Trainer用這種語言（可能德文、法文）做一次錯誤示範，讓這些未來的老師感受一下，我是老師、是成人，都會因為聽不懂老師在說什麼而無所適從，何況是初接觸英語的小孩子。

在老師體驗錯誤示範後，再用正確的教學方法來教老師們這種新語，讓他們實際體驗小朋友在這種學習法中的感覺。

(2) 教室的排設

不採用傳統的課桌椅，教室的設計完全是以提供孩子遊戲為主要目的。沿著教室的四周，有高起的階梯讓學可以坐下，於是教室中間便空出了非常大的空間，這樣的安排可以方便老師帶活動。

(3) 輔助教具

老師可以自己製作輔助教具，也可以在玩具店、雜貨店買到，譬如小時鐘或塑膠槌棒等。

(4) 遊戲的收集

No Chinese教學需要為數可觀的遊戲，因為drill有時候就像遊戲，而整個課程事實上是上課和遊戲結合在一起的。

No Chinese 教學的優點

1. 能完全用英語思考
2. 不害怕面對外國人
3. 不用出國的No Chinese環境，較具安全感
4. 培養獨立思考的能力
5. 小孩子會變得比較主動、活潑、自信及獨立
6. 文法的概念很自然

例如，複數一定會主動加S。第一次教介系詞時，我拿了一疊上面有一隻貓在一棵樹的不同位置的flashcards，問：「Where is the cat?」學生回答：「The cat is in the tree.…」隨著卡片的變換，答案跟著變：「The cat is behind/under the tree.」突然，就在我快速變換卡片，又是第一次教介系詞時，我聽到「The cat is between the trees.」，不需要我特別強調，學生竟主動、很自然地加了s。

7.可以用英語解釋新字

在初級班裡，必須借重很多卡片、肢體語言，但是到了中級以上，就可以用英語解釋英語。例如cousin、remember、expensive、some、any等許多很難用卡片或肢體語言表達的字，用學生學過的英語就可以讓他們很清楚地了解。而這幫助小朋友更易於和外國人溝通，以及使用或讀英英字典等。

8.能掌握字彙的感覺，做最完整的運用

在這種方式學習下的小朋友說英語時，能選擇最貼切的字彙，並且在字彙範圍有限的情況下，做最完整的發揮。

成功的條件

在No Chinese教學中，老師的素質和訓練首當其要，當教師的熟練度不夠時，對教學品質有很大的影響。（不過無論是何種教學，老師的熟練度都一樣重要！）其實更精確地說，問題是在於，要有成功的No Chinese教學，老師必須能以開放而靈活的個性接受新觀念、新的教學方法。

除了老師，學生家長的認同也是No Chinese教學成功的條件之一。首先，在新班開課前的示範教學後，家長若願意將孩子交給我們，必然是能認同這樣的教學了。其次，我們總不厭其煩地告訴家長，No Chinese教學使學生能在真實世界中真正地使用英語去作溝通，而他們最後也都能在一些實例中明白和相信。

由於在No Chinese教學中，老師不能以中文直接翻譯解釋教學的目標，對於面臨升學現實壓力的國高中而言，充裕的時間、從容的進度，似乎也是實施No Chinese教學的先決條件，然而事實上，時間和進度又並不構成完全無法實踐No Chinese的因素。我有許多在國中教

了多年英語的學生家長，都支持No Chinese的理念、努力實踐，還有老師告訴我，No Chinese的教學甚至替他節省了時間和精力，因為用英語教英語讓學生更確實地了解所學的意義而能加以應用。

要說No Chinese教學實施起來有何困難，應是年紀越大或英語學習經驗越久的學生，越難接受No Chinese教學，因為他們 仰賴翻譯的習慣已經很久，但儘管如此，我發現這些學生在一段時間的適應後，也都可以有很好的學習成效。而且我認為，為了提昇學生的學習成效，所有困難都是值得去克服的。

結語

完全用英語教英語，並非抬高英語或外籍老師的身價。許多外籍老師只會說英語卻根本不懂教學。外籍老師有教學很專業的，中籍老師也是；外籍老師有不會教學的，中籍老師裡也有很多如此。

我之所以鼓勵用英語教英語，是根據我所學到、經驗和比較而來，我相信No Chinese是學英語最好的方式。老師們試想：父母用中文教我們中文，而外籍老師的父母用英語教他們英語，為什麼今天我們要用中文教學生英語呢？

再談用英語教英語／龔玲慧

（季刊第16期）

　　如果我們觀察幼兒學習母語的過程，可以發現幼兒在仍不會說話之前，其實就已經在學習語言了。許多有當媽媽經驗的老師，更能具體感受「我的孩子雖然還不會說話，但是他都能聽懂我對他說的話」。因為孩子會用點頭、哭泣，或其他肢體動作來回應，而隨著時間的流逝，孩子漸漸學會說簡單的單字、句子，往往在出其不意間，做母親的會發現孩子居然能夠說出很長且完整又正確的句子。其實，用英語教英語就是一種以學習母語的方式來學習新語言，只是我們透過有計畫的課程安排，把學習的時間由數星期、數個月，縮短成1小時甚至30分鐘。

　　利用翻譯來學習語言會對原意造成誤差，因而讓我們無法完全發揮或運用學過的英語，在遣詞用字上往往也不夠道地。但是，用英語教英語的教學步驟，可以幫助老師在教學上不用中文翻譯，而小朋友仍然了解、學習英語，而且能更真實地使用英語，進而用英語思考。

　　簡單地說明課程該如何安排：首先，我們只教單字（就像媽媽剛開始對幼兒說話都是用簡單的字），然後教答句，而且我在句子的教授過程中會 break a sentence，以 I have a dog. 為例，在學生對每個單字都熟悉後，我才會讓他們把整句連貫起來。而在孩子反覆練習 I have a dog. 的同時，老師也不斷地 slide「When do you have?」的問句，音量由小漸大，讓孩子很自然地習慣這個問句的聲音，也就是說，老師是 use 問句，而不是 teach 問句。（詳細教學步驟，請參閱《敦煌英語教學雜誌》第12期）

　　我曾在第12期的《敦煌英語教學雜誌》雜誌中和大家分享〈用

英語教英語〉的經驗，並得到很多回響，同時，在去年六月的師德教師聯誼會中，個人又有幸以No Chinese為主題和許多老師分享教學經驗。個人之所以如此推廣，實在是我親身體驗會到用英語教英語的教學成效。應編輯之邀，我整理了這一年來各方給我的一些問題與回應，再次與大家分享我的教學經驗。

面對家長質疑的溝通方式

記得我在剛開始教學時，同樣面臨許多障礙。

當時，附近大部分的家長都送子女去文理補習班，頂多是孩子六下即將要升國中了，才送來補一、兩期英語，所以自然地，在第一年招生時，我收到的學生人數的確很少，大部分是老師的孩子、企業家的孩子以及鄰居家長為了省得老遠接送而送來的孩子。但漸漸地等到這些學生的學習過程及效果呈現出來後，學生人數就不再需要我擔心了！現在，我所面對的就並不一定全是所謂「高素質」的家長。

我想最好的保證，就是讓家長可以看到孩子的學習過程，在我們所有的課程中，家長都是可以坐在教室裡的。在示範教學中，家長可以看到在僅僅一個小時的時間中，孩子由完全不懂英文的情況下，到可以用英語和老師做簡單的對話，諸如「How are you?」、「I'm fine, thank you.」、「What's your name?」等等，而且每一天孩子們都是以迫不及待的心情來上課。曾經有許多家長問我：「你們到底是怎麼做的？我的孩子從來沒有像在這裡學英文一樣，每天都想去上課。」

在第一年，我遭遇最大的問題就是，我們沒有家庭作業，沒有叫小朋友背單字，許多家長會告訴我，他們鄰居在其他補習班，每天要背好多單字，像我們這樣學，到國中會不會有問題？諸如此類的質疑，通常在小朋友學三期以上就不攻自破了，家長們會漸漸看到成果。但在中間的教學過程裡，老師要非常強調學習的程序，也就是學

生要能先會聽說再讀寫，所以我們第一期沒有課本，第二期開始，小朋友都已能聽、能說所有課本上的字，然後經由Phonics的規則提示，他們的目標只是孩子能自己讀，不要求他們會背，但很自然的，許多小朋友因為自己練習讀的關係，加上Phonics規則的運用，自然而然地會拼許多單字。

當然，在第一年這是需要一再地向家長說明的地方，而且我們所有的班級都是開放參觀，家長們可以看見孩子到第幾級就可以達到什麼樣的程度。像現在我有許多升上國中表現良好的學生可以做為「口碑」，家長就更能對我的教學感到有信心。因此實際的見證，比我們言語上再多的保證，都有力得多。另外，許多家長除了希望孩子能說一口流利的英語外，也希望他們升了國中以後，考試能考得好。針對這一點，我們每年暑假都開免費的國一先修班，告訴學生，平時說話的那些狀況，會轉換成這樣的考試題；基本上國一的句型，文法，對他們來說都是早就運用得很熟練的句子，因此，很容易就能轉換過來。

師資掌控的要訣

許多經營者會提到，如何讓所有的老師都能確實遵守用英語教英語呢？這點的確很難，以我從前在某連鎖總校的經驗，當我去看課時，老師們真的有照做，但是我沒有看課時，老師們關起門來，要如何上課，經營者實在無從掌握。

在目前我所經營的補習班裡，因為我只用全職老師，而且全校上下包括家長，學生，都養成No Chinese的共識，當老師說中文，可是會被學生噓的。

當然，我在挑選老師時，來面試的老師也必須有No Chinese的共識，否則不予錄用。因此，我不見得會用很有經驗的老師，但是我會用沒有經驗但發音標準，活潑度夠的新人，再加以訓練。

全英語教學方式的實施前提

嚴格來講，要轉換成用英語教英語的教學環境應該還是需要一些準備動作；第一，在實施前一定要取得家長及學生的共識；第二，對現在師資加強全英語教學方式的訓練；第三，建議由新班開始實施，再擴大到舊班級。

記得我剛開始教英語時，接的是別人留下來的班級，學生並沒有真正做到 No Chinese，而我因為是菜鳥，我的 trainer 告訴我用英語教英語，我就照我所學的很賣力地運用在課堂上，學生們卻好像在看笑話一樣，結果，上到一半，有小朋友受不了了，用中文告訴我：「老師，你可以用中文。」自然，以我當時的能力，是無法做太多的堅持，而所有我們接觸的班級，都是如此，我開始懷疑「用英語教英語」到底該怎麼做？還是只是一句口號？

我將疑惑告訴我的外籍 trainer 以及我再到總校看了資深中籍老師的課後，我再次相信，真的可以「用英語教英語」。後來，我開始對我的第一個新班（完全沒學過的新班），實施用英語教英語。

在新班級裡我到到了！同時我也對曾經告訴我可以說中文的學生，約法三章，誰說中文，誰就投一元硬幣在教室前的撲滿裡。我買了許多撲滿，一個班一個，到期末時，再打開買糖果大家吃。當然剛開始不習慣，許多小朋友會不自主的就說了中文，甚至比較強硬的小朋友會拒絕投幣，在這種狀況下，只要有一個人不願意配合，幾乎就不可能做到。因此，我自己先故意不小心說中文，讓全班檢舉我，而我自己先投幣，前面幾堂課，我幾乎都要故意一下，才能平衡他們心靈，但是幾堂課後，就越來越進入狀況。

在此建議有心採取相同教學方式的老師們，實施用英語教英語時要徹底，否則，只要有人說中文被通融，那每一個人都會認為他有被通融的權利，如此一開始「公權力」不彰的情況下，就很難得到完整

的配合。

邏輯連貫的教案編寫

　　每一家補教機構均有其特色、背景，我們不能說那一套教材一定好或一定不好，只是再好的教材都不是針對您的學校特色去設計，因此最好的方式是選一套您認為最合適的教材，再由每日教學的教案中去做調整。

　　我個人選擇用英語教英語的教材或教案的編寫上，很重視句型的邏輯連貫性，譬如有老師問我「What do you want to be?」這樣的句型，如何能不經由翻譯而讓孩子能真正了解其意的回答。我們知道單字的表達比較容易，可以經由flash cards或老師的肢體語言讓學生了解，所以what這個字可以很容易讓小朋友了解，然後我會教「What do you want?」。如果學生學了些toys，我們可以拿robot、doll、kite、ball等卡片，讓他們說「I want a doll.」，而當他們對「What do you want?」這個句型很熟悉時，我們可以再教「What do you want to eat?」的句型，小朋友對吃的感覺比較強，比較容易理解，再配合一些食物的flash cards，練習說「I want to eat an apple.」、「I want to eat a hamburger.」。從「What do you want?」到「What do you want to eat?」，這中間唯一陌生的東西只有to而已，一旦這個句型熟悉以後，「What do you want to drink?」也不會有問題了。在這個同時，我們教到職業，由於有「What is it?」的基礎，在學「What is he/she?」，又有著doctor、nurse、farmer等職業的卡片時，小朋友很容易就能回答「He/She is a doctor, nurse,…」，或「You are a teacher. I am a student.」等。在上述這些句型都熟悉後，要教「What do you want to be?」就完全不是問題了，拿出職業的flashcards，然後「I want to eat…」只是eat換成be而已。如果我們今天要教各位老

師的內容是「How are you?」，我想沒有一個老師能學到東西，因為「How are you?」您已經學會了，而如果我教的是「Torts are founded in negligence not strict liability, traditionally.」可能各位老師還是無法學習，因為大部分的字都很陌生，但是如果今天我們的句型是「I was parched so I drank some water.」各位老師應該可以猜得到，其中parched的意思，因此，您今天就學到了一個新字（或句型）。

　　換句話說，卻實施全英語教學方式在教案編寫上是要很注意的，要讓每一次的課程中，大約有90%~95%是學生熟悉的，10%左右的內容是他們即將學會的。依照上述的邏輯順序，讓學生的語言知識不疾不徐，循序漸進累積上去。

結語

　　在這個世界上，任何人無論其父母的教育程度高低、財富多寡，除了聾啞朋友以外，任何人都能說他的母語。而反觀很多語言補習班，擁有良好設備的教室、優秀的師資。可是，為什麼有許多孩子仍舊不能真正開口說英語或是運用這個語言？因此，我們相信，越接近母語的教學法，越會是有效果的教學法。我願意將我的經驗分享出來是希望有更多的人也能感受到它的成效，更希望我的經驗對初嘗試採行用英語教英語，但遭遇困難的老師們有所幫助，更企望您能堅持您的教學理念，和我一起在教學領域裡執著。

看誰在說話：No Chinese 教學課堂紀實／王菁菁

（季刊第 16 期）

地點：慧橋美語文教機構
時間：PM 5~7 10/19/96
級數：3B，1年9個月學習經驗
學生：4個國小女生，5個男生

　　來到這個「麻雀雖小，五臟俱全」的學校，溫暖的燈光照在下課出來的孩子臉上，有的活蹦亂跳，有的害羞安靜，共同點是他們都精神奕奕的圍繞著老師們，似乎不論中外籍，師生之間都無所隔閡。只是，我的耳朵所能聽到的雖有部分英語，但大部分是中文，心想，這裡不是實施 No Chinese 嗎？

　　小朋友1週各上1次中籍和外籍老師的課，而今天的課是由龔玲慧老師任教，嬌小的龔老師也是「慧橋美語」的創始和負責人。我在她忙著準備上課時先進了教室等候，一些孩子也和我一樣。孩子們見了彼此便互相打招呼：「Hi, Jennifer.」「Good evening.」「How are you?」。他們的聲量剛好是兩個人能聽到的，他們的態度自然，或許是發現了我，也或就是高興，他們彼此都稍稍的笑了。說也奇怪，到了教室裡，就是聽不到一句中文。剛才在教室外的疑惑，此刻似乎得到解答，又似乎更令我好奇了。

　　沿著教室牆壁，有鋪著地毯高起的階梯供學生採較舒服的坐姿上課，但孩子也常「爬」向老師，尤其是老師手上有閃示卡時。除非上課情緒或秩序受到影響，老師不禁止孩子或坐或趴在塑膠地毯上、圍著老師。顯然這樣的教室設計提供了孩子遊戲的空間，更縮短了師生

的距離、增強了互動。

　　課程雖然開始了，所有的孩子都仍像脫韁野馬，老師則不斷說「Quiet!」，我也不禁對身旁自然而然小聲模仿著老師每一個句子，包括「Be quiet!」的孩子莞爾一笑。老師以閃示卡問「What is this?」先進行複習。學生的音量和情緒高昂，但回答的聲音參差不齊，仔細再聽，原來這之中有孩子正充滿自信的挑戰自己，嘗試以更快的速度、更流利的把答案說完。接下來，老師問的是繼複習單字、句型更考驗理解力的問題，如「How was the weather last Saturday?」、「What was the date last Tuesday?」。教室裡除了「Choose me!」的聲音此起彼落，還可聽到孩子說「Excuse me. What was the question?」。在這之間，老師同時會抽問「How do you spell…?」龔老師強調，孩子不被要求背單字，卻能拼出字來，完全是靠Phonics的純熟應用，以及反覆說且只說英語，而因著英語的伴音特性，增強了對英語的認知及記憶。

　　不知不覺中，閃示卡的內容加入了新字彙。其中，老師特別強調wallet和purse的比較。她問「Do you have a wallet/purse?」（這是學過的句型），問到wallet，男孩會說：「Yes! I have a wallet.」女孩會說：「No, I don't have a wallet.」。問到purse則情況相反，看來學生在沒有中文解釋的狀況下，卻已懂得區別兩字的涵義用法。

　　當老師點起學生單獨回答時，個個都還「花樣」百出的說著自己的答案：「No, I don't have a wallet but my father has (does).」「Yes, I have a purse in my room.」。甚至有孩子帶著頑皮的笑臉說：「My mother has a wallet.」老師則睜大了眼以誇張語調回應：「Your mother has a wallet?」還有學生索性將自己的皮包丟向老師，並大聲地說：「This is my wallet!」9位小朋友都和老師主動對話，或被動地回答過不只一次（因為一位說話時，旁邊總有吱吱喳喳的「雜音」）。

在我的觀察中，老師訊息單純的語言和表情動作，似乎都是長久以來鼓勵孩子學習並運用所學的重要因素，因為當老師所說的話便是且只是孩子所學會的語言，她和孩子們是那樣的接近，何況孩子模仿老師是多麼自然的事，而當孩子回答問題或主動說話時，老師常是注視並以自然的語調重覆一次孩子的話，如此既更接近真實的對話情境，其實，也可改正孩子的發音或句子結構等，或者若孩子只害羞地回答「No.」，老師回應「No…?」，常可引發孩子再多說一點：「No, I don't have a purse.」

今天要教的新單字還有towel和soap，但在教完、練習選與這些字類別不同且需日強區分的wallet和purse後，才繼續下面的教學。老師又拿起來了閃示卡帶讀。學生漸漸對所有圖卡都熟悉後，在他們反覆的唸讀中可聽到孩子在單字前加了「a」。於是大家開始說「A wallet.」、「A towel.」、「A soap.」、「No! A bar of soap!」。就這樣，老師順勢教了一個新的單位詞a bar of，在看到soap的圖卡時，她便開口和大家一起說：「A bar of soap.」突然，一個soup的音跑了出來，老師馬上誇張地反應「Do you like to eat soap?」，直逗得孩子哈哈大笑。

老師繼續帶大家複習其他單位詞的用法如a pair of shoes、a glass of soda等，有個孩子則大叫「A cup of tea!」。接下來，老師拿出clothes的圖卡帶讀，有人說「A clothes.」，有人則似乎見到字尾的s而說是「Many clothes.」。老師皆搖搖頭，然後拉拉自己的洋裝說：「A dress is clothes.」再摸摸Tony的上衣說：「A T-shirt is clothes.」再快速指過所有小朋友的衣服說「Clothes, clothes…clothes!」小朋友終於了解這個字的意義，並發現它和A dress、A T-shirt的差別。

在課程進行中，老師相當鼓勵孩子說自己想說的話。若不是本堂課的教學重點，老師不太糾正句子中的瑕疵或不夠精準的發音，而讓

他們自由、大膽地說英語。突然，小朋友們齊聲大叫：「Oh! Linda is (speaks) Chinese.」還有孩子「指控」：「You say 'what is this'!」（想必他替Linda翻釋了她說的「這是什麼？」）她不好意思地皺起了眉頭！我發現老師並沒有懲罰說中文的學生（不過後來她向故意和連續多次說中文的學生收回了「獎卡」），No Chinese的常規如何建立呢？可能因為老師從不說中文，也不說太多、太難的英語讓孩子頭痛害怕，而且孩子只需用所會的英語就能有所「溝通」，是很具挑戰性和成就感的吧！另外，在我又參觀了才上第二次課的初級班後，發現No Chinese的習慣和老師在輕鬆自然的態度下堅守原則有極大的關係。對於不免脫口說中文或不斷問「什麼意思？」的初學者，老師一律泰然回應No Chinese並重覆或繼續說她正在說的，可感覺孩子正慢慢地明白並接受上英語課的情況和方式。

第一個加強練習的遊戲開始了。橫排平放在地上的閃示卡兩端，分別坐著負責唸字讓小朋友以玩具槌來敲打並比賽速度的老師，以及用手指不斷計分的孩子。此時「Choose me!」的聲音再度響起。後來甚至有小朋友舉手說「I want to be the teacher.」，於是老師就退出了遊戲陣容，專心做一個觀察老，並隔一會兒就換人做小老師，以便讓大家都同時有聽和說的練習。玩著玩著，小老師竟頑皮地叫出：「Lynn!（老師）「Teresa's head」或「Toilet!」」，雖是玩笑，也是溝通啊！所有人都融入了遊戲之中。

遊戲結束，也再次將每張圖卡的單字複習之後，老師站起來寫 always/usually/often/seldom/never 等字樣前一次上課教過了解，準備進行下面的課程。這時「Go home.」、「Play the ball.」、「Always play games!」等自發性的句子傳進我的耳朵，更令我驚訝的是身旁兩個小鬼趁機聊起天來了。「I have thirty five dollars in my pocket. How many (much) do you have?」我裝作沒注意，正想聽聽他們還會

說些什麼時，老師轉過身來啦！

　　老師帶讀這些頻率副詞時，許多孩子都蠢蠢欲動地造著句子，其中一個女孩說：「Always kiss Lynn.」老師嚇了一跳，說：「What!? Always kiss Lynn?」其他聲音也跟著起來了：「No, always hit Lynn!」「Always kick Lynn!」「Teacher Lynn is always kiss boys.」「Teacher, you are always kissing Jim!」（Jim是外籍老師）。老師則假裝很生氣地說：「No! I never kiss Jim. I always and only kick Jim.」在師生這麼一來一往中，老師對學生的錯誤做了糾正，譬如以手勢來提醒學生區別「You (often) kiss.」和「You are kissing.」的不同。孩子們繼續造出令人笑翻的句子：「Jim always kisses a toilet.」「Mary often eats her father.」「I sometime kill the computer.」。老師也幽默地問個別的學生，如：「How often do you eat a monkey, Melody?」孩子們被老師逗得好開心，不少孩子異口同聲地說：「Teacher is crazy!」

　　口頭練習約10分鐘後，老師將男生女生分2隊，然後在白板上畫一個4x3的大表格，孩子好奇地等待時，有人說「Play a 'Lynn'!」，大家便又熱鬧起來。格子裡分別有hammer、kiss、pig和+5、-2等分數，孩子們竟嫌分數太少而大喊「Ten!」、「Twenty!」、「One hundred!」，先正確回答老師問題的學生可用小球丟白板，但若丟到hammer就要被玩具槌打一下，丟到kiss老師就會飛奔到小朋友面前做出親吻狀，若是pig，就得裝小豬啦。這個遊戲小朋友從未玩過，但老師並不以中文解釋，只是讓孩子直接在玩的過程中明白遊戲方法。老師以新舊內容交替地問一些理解問題，在進行中，孩子的聲音不斷。但我們發現有個孩子懶散地靜坐在後面，老師便略帶嚴厲口吻地問：「What are you doing?」旁邊傳來一個聲音答道：「He's dying!」還有一次，當老師問：「Melody, are you OK?」孩子們「雞婆」地說：「She's crying!」遊戲漸漸接近尾聲了，孩子模仿老師剛才因學生

回答不清楚或不完整而說的「One more time.」，高呼再來一次！不過，並無法如願。

在「Take a break!」聲浪中，課程仍往下進行。老師先和學生一起唸幾次白板上寫得大大的「same」，然後說：「Do you know 'different'?...Yes?! 'The same' is 'not different,' and 'not different' is 'the same'.」接著再以圖卡、教室裡的實物及學生本身等舉例，重複多次「They are different/ the same.」，或跑到我身邊說「We are the same. We are beautiful.」（引來一陣「嘔吐」！），或指著男孩們對女孩說「They are different. They are boys.」。學生似乎了解了學習目標，七嘴八舌地造句，有人指著老師說「You are different.」，老師反應：「I'm different because I'm young.」想不到竟招來：「You are a very young monkey.」其他的孩子也都忙著說話。之後老師個別要求每個孩子造3個有關same和different的句子，以便從中確定其認知正確與否。學生利用身體和周遭環境來造句，如：「I, Lisa and Teresa have glasses. We are the same.」、「This is green and that is blue.（指著腳下的塑膠地毯）They are different.」、「Our socks are the same. They are dirty.」、「You three are different because you're ugly.」。

接下來「both」這個字，同樣採類似的方法教學，不過老師先特別示範了th的發音。並且，譬如當學生造出「They are both ghosts.」的句子時，老師會再問「Who?」並加以手勢提醒：「One, two…」學生回答出來後，才能確定他們了解both「兩者皆是」的意義。

第二堂課開始，老師和孩子圍成圈坐在地上，然後「Open the book!」。先以課本上的圖片來複習今天所學的句型，再以圖畫字典來複習字彙。當課文中出現生字remember時，老師以句子和表情動作描述各種情境，來向學生解釋這個字的意義：「I remember when I was ten years old, I was a good girl.」、「I remember this morning my mother kissed me.」或先假裝找不到玩具槌，再突然說「Oh! I remember where the hammer is.」然後拿出。老師不斷問「Do you know 'remember' now?」，並鼓勵學生造句來讓老師明白他們已學會。學生造出的句子有「I can remember the shoes and the hat were on the chair.」等。至於workbook，老師是帶著孩子口頭作答，並叮嚀學生回家後才能動筆寫。也就是說，老師是確定學生會聽、會說、會讀後，會要他們寫。

　　終於，今天的課程精彩地結束了，疲累的老師微笑地站在門口，讓小朋友排成隊，將本次上課內容以問答的方式再做一次複習後，才讓孩子們一一步出教室，高高興興地回家嘍！

國家圖書館出版品預行編目資料

零蛋英文老師：從大專聯考英文0分到搶手的
美語教學專家 / 龔玲慧著. --初版. -- 臺
北市：商周出版：家庭傳媒城邦分公司發行,
2012.02
　面；　　公分. -- （全腦學習；13）
　ISBN 978-986-272-109-4（平裝）

1. 英語　2. 學習方法

805.1　　　　　　　　　　　　　100028186

全腦學習 13

零蛋英文老師——從大專聯考英文0分到搶手的美語教學專家

作　　　者／龔玲慧
企 畫 選 書／黃靖卉
責 任 編 輯／羅珮芳

版　　　權／黃淑敏、翁靜如
行 銷 業 務／莊英傑、李麗淳、黃崇華
總 　編 　輯／黃靖卉
總 　經 　理／彭之琬
事業群總經理／黃淑貞
發 　行 　人／何飛鵬
法 律 顧 問／元禾法律事務所王子文律師
出　　　版／商周出版
　　　　　　台北市104民生東路二段141號9樓
　　　　　　電話：(02) 25007008　傳真：(02)25007759
　　　　　　E-mail：bwp.service@cite.com.tw
發　　　行／英屬蓋曼群島商家庭傳媒股份有限公司城邦分公司
　　　　　　台北市中山區民生東路二段141號2樓
　　　　　　書虫客服服務專線：02-25007718；25007719
　　　　　　服務時間：週一至週五上午09:30-12:00；下午13:30-17:00
　　　　　　24小時傳真專線：02-25001990；25001991
　　　　　　劃撥帳號：19863813；戶名：書虫股份有限公司
　　　　　　讀者服務信箱：service@readingclub.com.tw
　　　　　　城邦讀書花園 www.cite.com.tw
香港發行所／城邦（香港）出版集團有限公司
　　　　　　香港灣仔駱克道193號東超商業中心1樓 E-mail : hkcite@biznetvigator.com
　　　　　　電話：(852) 25086231　傳真：(852) 25789337
馬新發行所／城邦（馬新）出版集團【Cite (M) Sdn Bhd】
　　　　　　41, Jalan Radin Anum, Bandar Baru Sri Petaling,
　　　　　　57000 Kuala Lumpur, Malaysia.
　　　　　　電話：(603) 90578822　傳真：(603) 90576622 E-mail:cite@cite.com.my

封 面 設 計／陳祥元
版 面 設 計／陳祥元
內 頁 繪 圖／LONLON
內 頁 排 版／立全電腦印前排版有限公司
印　　　刷／前進彩藝有限公司
總 　經 　銷／聯合發行股份有限公司 電話：(02) 29178022　傳真：(02) 29156275

■2012年2月2日初版　　　　　　　　　　　　Printed in Taiwan
■2019年7月23日二版
定價350元

城邦讀書花園
www.cite.com.tw